Iris Klauenberg
Die Brenner von Renchen-Ulm
1. Band - Der Kirschenkomplott

Iris Klauenberg

Die Brenner von Renchen-Ulm

1. Band - Der Kirschenkomplott

Impressum

2. Auflage

Iris Klauenberg
c/o IP-Management #18616
Ludwig-Erhard-Str. 18
20459 Hamburg
www.iris-klauenberg.com

Cover: Iris Klauenberg
Die Bilder wurden mit Unterstützung von KI durch Dall-E erstellt

Bibliografische Information der Deutschen Nationalbibliothek: Die Deutsche Nationalbibliothek verzeichnet diese Publikation in der Deutschen Nationalbibliografie; detaillierte bibliografische Daten sind im Internet über http://dnb.dnb.de abrufbar.

Verlag: BoD · Books on Demand GmbH, In de Tarpen 42, 22848 Norderstedt

Druck: Libri Plureos GmbH, Friedensallee 273, 22763 Hamburg

ISBN: 978-3-7597-7937-3

Danksagung

Mein Dank gilt **Klemens Kammerer**, in dessen Schnapslounge ich
schon so viele wunderschöne Stunden verbringen durfte.
Seine einzigartigen Events haben mir gezeigt, wie faszinierend und
lebendig das Handwerk des Destillierens wirklich ist.

Seine spürbare Liebe und Leidenschaft für dieses Handwerk
haben mich überhaupt erst inspiriert, dieses Buch zu schreiben.

Mit seinem beeindruckenden Fachwissen und seiner jahrelangen
Erfahrung im Obstanbau, der Ernte und dem Destillieren hat Klemens nicht nur diese Geschichte bereichert, sondern mir gezeigt,
wie viel Herzblut in jeder Frucht und jeder Flasche steckt. Dank
ihm konnte ich die Atmosphäre und die Seele dieser Tradition zwischen den Zeilen lebendig werden lassen. Ohne sein Fachwissen
und Inspiration wäre dieses Buch nicht das, was es ist.

Danke, Klemens, für deine Unterstützung und die Inspiration,
die du mir geschenkt hast.

Inhaltsverzeichnis

Vorwort

Diese Geschichte ist ein Werk der Fiktion. Alle Charaktere und Handlungen sind frei erfunden. Jegliche Ähnlichkeiten mit realen Personen, lebend oder verstorben, sind rein zufällig.

Die im Buch erwähnten Straßen in Renchen-Ulm existieren tatsächlich und dienen dazu, dem fiktiven Geschehen einen authentischen regionalen Bezug zu geben.

Ebenso sind die genannten Gaststätten, die Brauerei und die Läden real und wurden bewusst in die Geschichte aufgenommen, da sie fest zur örtlichen Kultur gehören und den Charme von Renchen-Ulm widerspiegeln.

Am Ende des Buches finden Sie Informationen (Glossar) zu diesen Örtlichkeiten.

Stadtplan Renchen-Ulm

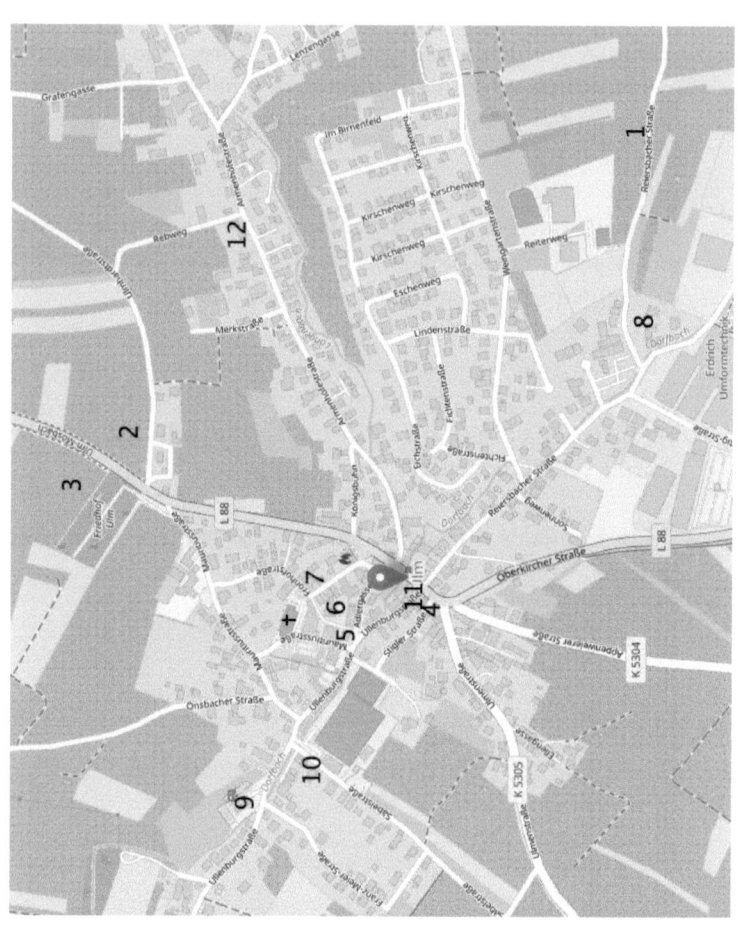

1. Fruntner-Hof *
2. Breitner-Hof *
3. Alte Hütte am Friedhof *
4. Gasthaus Stigler
5. Bauhöfers Braustübl
6. Bauhöfer Brauerei
7. Nudelherstellung Fischinger
8. Blumenhaus Serrer
9. Wohnmobilstellplatz
10. Wohnhaus Zeitungsredakteur *
11. Bäckerei Zimmerer
12. Sutterer-Hof *

* frei erfundene Örtlichkeiten

Kirschernte

Die Sonne hing schwer am Himmel über Renchen-Ulm und die Hitze des Tages drückte auf die Schultern von Lenas Familie und den Erntehelfern. Es war Erntezeit. Die Bäume bogen sich unter der Last der reifen Kirschen, die wie dunkelrote Edelsteine in den Zweigen glänzten. Hier, in der Steinobstwiese, gab es keine sanfte Handarbeit, kein einzelnes Pflücken von Früchten. Die Kirschbäume wurden gerüttelt und die Kirschen fielen in großen Schwärmen auf die ausgebreiteten Planen, die unter jedem Baum ausgelegt waren.

Ein lautes Brummen hallte durch die Luft, als der Traktor, an dem vorne der Baumrüttler montiert war, langsam durch die Reihen der Bäume rollte. Lena stand am Rand der Plantage und beobachtete, wie die große Apparatur den nächsten Baum erfasste. Unter heftigem Rütteln des Baumstamms fielen die Kirschen wie Regen herab und sammelten sich auf der Plane darunter. Einige Erntehelfer waren bereits dabei, die Früchte des vorigen Baumes in große Transportwannen umzufüllen, während andere den nächsten Baum vorbereiteten.

Der Duft der frischen Kirschen war stark und süß, vermischt mit dem Geruch von erhitztem Metall und der Erde, die von den Maschinen aufgewirbelt wurde. Lena wischte sich den Schweiß von der Stirn und sah zu ihrem Vater hinüber, der am anderen Ende der Wiese stand und die Arbeit überwachte. Heinrich war immer da, stets wachsam, um sicherzustellen, dass alles nach Plan lief.

Es war ein kritisches Jahr. Der Spirituosenhändler, von dem so viel abhing, würde bald eintreffen, und die Qualität der Kirschen war entscheidend für den Erfolg ihres

Kirschbrands. Jeder wusste, dass dieser Vertrag ihre Zukunft sichern könnte. Doch während ihr Vater in den letzten Wochen immer nervöser geworden war, spürte Lena eine andere Art von Unruhe in sich aufsteigen.

Ihre Gedanken schweiften zu David. Seit Wochen hatte sie ihn nicht gesehen. Er war, wie sie, mitten in der Ernte – auf den Obstwiesen seiner Familie, die unweit ihrer eigenen, entlang der Oberkircher Straße, lagen. Es war seltsam, wie nah sie sich geografisch waren und doch so weit entfernt schienen. Die Fehde zwischen den Familien lastete wie eine unsichtbare Mauer zwischen ihnen.

„Lena!", rief ihr Vater plötzlich. „Hör auf zu träumen und mach deine Arbeit!"

Sie zuckte zusammen und nickte hastig. Heinrich duldete keinen Leerlauf, schon gar nicht in Zeiten wie diesen. Sie eilte hinüber zu den zwei Erntehelfern, die die frisch gefallenen Kirschen von der Sammelplane in große Transportwannen kippten. Die Baumrüttler arbeiteten unermüdlich weiter und die Luft war erfüllt vom dumpfen Aufprallen der Kirschen auf die ausgelegten Planen.

Lena versuchte sich auf die Arbeit zu konzentrieren, doch immer wieder wanderten ihre Gedanken zu David. Die Kirschernte war der Höhepunkt des Sommers – der Moment, in dem alles zusammenkam. In den letzten Jahren hatten sie sich zu dieser Zeit immer heimlich getroffen, ein paar Worte gewechselt, vielleicht einen schnellen Kuss gestohlen, bevor sie wieder in ihre getrennten Welten zurückkehren mussten. Doch in diesem Jahr war es anders. Sie hatten seit Wochen keinen Kontakt mehr.

Ein plötzlicher, lauter Knall unterbrach ihre Gedanken. Marian, der den Traktor mit dem Rüttleraufsatz fuhr, hatte die Maschine abgestellt, und Lena sah auf, als sie bemerkte, dass einige Erntehelfer aufgeregt miteinander sprachen. Ein Rad der Landmaschine war in einem tiefen Loch stecken geblieben, das die letzten Regenfälle in den Boden gefressen hatten. Es würde Zeit kosten, die Maschine wieder in Gang zu bringen, und Zeit war das Letzte, was sie sich leisten konnten.

„Was ist los?", fragte Heinrich, der hastig zu der Gruppe ging.

„Die Maschine ist festgefahren", erklärte Marian „Wir brauchen etwa eine Stunde, um sie zu befreien." Wenn jemand wusste, wie lange es dauern würde, dann Marian. Der Rumäne kam bereits seit über 20 Jahren als Erntehelfer auf den Fruntner-Hof, seit mehr als 10 Jahren war er der Vorarbeiter, denn er konnte nicht nur perfekt Deutsch, nein, er wusste auch worauf es ankam, wer was wann wo zu tun hatte. Lena und Heinrich wollten nicht mehr auf ihn verzichten müssen.

Lena sah ihren Vater an und konnte die Frustration in seinem Gesicht ablesen. Er war kein Mann, der Probleme gut verkraftete, besonders nicht in einer so entscheidenden Phase wie dieser. Doch bevor er etwas sagen konnte, fühlte Lena ein leichtes Kribbeln im Nacken. Sie drehte sich um und ließ ihren Blick über die Wiese schweifen. In der Ferne, jenseits der Bäume, glaubte sie eine vertraute Silhouette zu erkennen.

David.

Er stand am Rande einer der Obstwiesen seiner Familie, sein Blick auf die Arbeit seiner eigenen Leute gerichtet. Auch bei den Breitners war die Kirschernte in vollem Gange und genau wie bei Lenas Familie schien der Druck dort nicht weniger groß zu sein. Für einen Moment standen sie einfach nur da, getrennt durch die weiten Reihen der Bäume. Kein Wort, kein Zeichen – nur ein stiller Blick, der eine Welt voller unausgesprochener Worte trug.

Lena wusste, dass sie heute Nacht einen Weg finden musste, ihn zu sehen. Sie konnten nicht einfach so weitermachen, als wäre nichts geschehen. Zu viel stand auf dem Spiel, nicht nur für ihre Familien, sondern auch für sie beide. Die Zukunft ihrer Brennereien, der Spirituosenhändler, die Kirschen – all das war wichtig, aber nicht so wichtig wie die unausgesprochene Verbindung zwischen ihnen.

Es hatte den Anschein, dass David sich umdrehte und sie ansah. Lenas Herz fing an, schneller zu schlagen. Dann hob David einen Arm und es schien, als wüsste sie, wohin er zeigte. Innerlich nickte sie ihm zu.

Mit einem tiefen Atemzug wandte sie sich von ihm ab und half dabei, die Kirschen weiter zu verladen. Es würde keine einfache Nacht werden, doch das war ihr egal. Irgendwie würde sie es schaffen, David zu treffen. Sie mussten sprechen – bevor der Sommer weiterging und die Last ihrer Verantwortung sie endgültig trennte.

Ein unerwarteter Schlag

Die Nacht legte sich schwer über Renchen-Ulm, die drückende Stille wurde nur vom gelegentlichen Zirpen der Grillen durchbrochen. Lena saß unruhig auf ihrem Bett und starrte aus dem Fenster. Der Tag der Kirschernte war lang gewesen, doch an Schlaf war für sie nicht zu denken. Der Händler, die Ernte, und vor allem David – all diese Gedanken kreisten in ihrem Kopf. Hatte er ihr vorhin ein Zeichen gegeben?

Lena stand auf, zog sich schnell an und schlich leise aus dem Haus. Der Mond schien hell über den Fruntner-Hof. Sie stieg auf ihr Fahrrad, fuhr die Reiersbacher Straße bis zur Dorfmitte, bog rechts in die Oberkircher Straße und folgte am Ortsende dem schmalen Pfad zur alten Hütte am Rand des Friedhofs, wo sie sich früher mit David getroffen hatte. Ihr Herz schlug schneller, als sie sich der Hütte näherte, ein mulmiges Gefühl begleitete sie bei jedem Schritt.

Sie erreichte die alte Hütte und blieb kurz davor stehen, um tief durchzuatmen. Der Wind strich sanft durch die Bäume, während die verfallene Struktur im fahlen Mondlicht wie ein stiller Zeuge ihrer heimlichen Treffen wirkte. Gerade als sie die Tür öffnete, hörte sie Schritte.

„Lena?" Davids Stimme drang aus der Dunkelheit. Er trat aus den Schatten hervor, sein Gesicht halb im Mondlicht verborgen.

„David", flüsterte sie und trat näher. „Es ist schon zu lange her."

„Ich weiß." Er trat zu ihr, seine Augen wirkten müde und angespannt. „Ich dachte, es wäre sicherer, alles ruhen zu lassen – bei all dem Stress. Aber … ich vermisse dich."

Lena nickte, doch das Schweigen, das sich zwischen ihnen ausbreitete, war schwer. Beide wussten, dass ihre Familien in den letzten Wochen angespannter als sonst gewesen waren, vor allem wegen des bevorstehenden Besuchs des Spirituosenhändlers. Ein Vertrag mit ihm bedeutete für beide Familien den Durchbruch – oder den Ruin, wenn etwas schiefging.

„Wie läuft es bei euch?", fragte Lena schließlich, um die Stille zu brechen.

David seufzte tief. „Die Ernte läuft gut, aber mein Vater ist … angespannt. Er will, dass alles perfekt ist, und lässt uns das spüren."

„Meiner ist genauso", murmelte Lena. „Er schläft kaum noch. Alles hängt an diesem einen Sommer."

Für einen Moment schien die Distanz zwischen ihnen noch größer zu werden. Doch bevor Lena weiterreden konnte, wurde die Stille plötzlich von einem dumpfen, metallischen Geräusch durchbrochen.

„Was war das?", flüsterte sie und richtete sich auf, während ihr Herz schneller schlug.

David drehte sich ruckartig um, seine Augen suchten den Ursprung des Geräusches ab. „Das kam vom Hof meiner Familie."

Lena fühlte, wie eine Welle der Anspannung durch ihren Körper schoss. „Vielleicht ist es nur eine Maschine, die noch läuft?"

David schüttelte den Kopf. „Um diese Uhrzeit arbeitet niemand mehr."

Ohne ein weiteres Wort rannten sie los, ihre Schritte schnell und leise. Der Hof der Breitners lagen nur ein kurzes Stück entfernt, im Grunde mussten sie nur die Oberkircher Straße überqueren, doch in dieser Nacht fühlte sich der Weg endlos an. Der Mond warf lange Schatten über die Obstwiesen rechts und links der Straße und der Wind schien plötzlich kühler. Je näher sie der Hof kamen, desto deutlicher wurde ein schwaches Licht, das durch die Bäume flackerte.

„Das kommt aus unserer Brennerei", sagte David und beschleunigte seine Schritte. Die alte Brennerei war nicht verfallen oder verlassen – sie war aktiv in Betrieb, nur das Gebäude war sehr alt. Alle waren darauf fokussiert, die beste Qualität für den bevorstehenden Besuch des Händlers zu garantieren. Doch das Licht im Inneren der Destille war ungewöhnlich für diese späte Stunde.

Als sie die Brennerei erreichten, sahen sie eine Gestalt im Inneren, die an den Brennkesseln hantierte. Der Schein einer Laterne erleuchtete nur einen kleinen Teil des Raums und das metallische Geräusch hallte erneut durch die Nacht.

„Da ist jemand drin", flüsterte Lena und blieb stehen. „Das ist doch nicht normal."

David zögerte keine Sekunde. „Hey!", rief er und stürmte in die Brennerei, Lena dicht hinter ihm. „Was machst du da?"

Die Gestalt erstarrte, drehte sich um und starrte David und Lena für eine Sekunde an, bevor sie die Werkzeuge fallen ließ und in Richtung des Hinterausgangs rannte. David sprintete los, sprang über ein paar Kisten und versuchte, den Eindringling zu erreichen; doch der war schnell und verschwand im Schatten der Bäume hinter der Brennerei.

„David!", rief Lena ihm hinterher, als sie keuchend am Ausgang der Brennerei stehen blieb. „Sei vorsichtig!"

David hielt nach wenigen Metern inne, außer Atem und voller Frust. „Er ist weg", sagte er schließlich, als er zu ihr zurückkehrte.

Lena stand vor den großen Brennkesseln und sah die verstreuten Werkzeuge auf dem Boden. „Was wollte er hier?"

David kniete sich hin und untersuchte den Kessel, an dem der Einbrecher gearbeitet hatte. „Er hat die Ventile manipuliert", murmelte er mit zusammengekniffenen Augen. „Wenn wir das nicht gesehen hätten und jemand den Kessel in Betrieb genommen hätte, wäre er wahrscheinlich explodiert."

Lena fuhr sich mit der Hand über das Gesicht. „Das hätte alles zerstört."

„Und vielleicht sogar jemanden getötet!" David stand langsam auf, seine Augen funkelten vor Wut. „Jemand will unsere Familien ruinieren. Was soll der Scheiß?"

Lena sah sich in der Brennerei um und das Gefühl der Bedrohung, das sie schon die ganze Nacht über begleitet hatte, wurde immer stärker. „Wir müssen das sofort deinem Vater sagen", sagte sie schließlich. „Das darf niemand übersehen."

David nickte, doch die Spannung in seinem Gesicht blieb. „Ja, das müssen wir. Aber zuerst müssen wir sicherstellen, dass alles hier in Ordnung ist." Er trat erneut zum Kessel und überprüfte die anderen Anschlüsse. „Wir dürfen nichts dem Zufall überlassen."

Lena trat zu ihm und half dabei, den Schaden zu beheben. Die Werkzeuge, die der Saboteur benutzt hatte, lagen verstreut, als hätte er keine Zeit gehabt, seinen Plan vollständig durchzuführen. Doch die Gefahr war real und es hätte katastrophale Folgen haben können, hätte David den Eindringling nicht rechtzeitig bemerkt.

„Er wird wiederkommen", sagte David schließlich, als sie sich wieder aufrichteten.

Lena sah ihn an, die Furcht war in ihren Augen deutlich zu lesen. „Was, wenn er es wieder versucht?"

David ballte die Fäuste und atmete tief durch. „Wir werden vorbereitet sein. Und das nächste Mal lassen wir ihn nicht entkommen."

Enthüllungen

Das metallische Geräusch war noch nicht in ihren Ohren verklungen, als David und Lena den beschädigten Brennkessel reparierten. Der Schein der Laterne flackerte unruhig im Wind, während verstreute Werkzeuge auf dem Boden lagen – ein Zeichen des hastigen Rückzugs des Saboteurs. David fluchte leise und trat einen Schritt zurück, sein Herz hämmerte in seiner Brust. „Das hätte uns ruinieren können", stieß er zwischen zusammengepressten Zähnen hervor.

Noch bevor Lena antworten konnte, hörten sie plötzlich schwere Schritte, die sich der Brennerei näherten. Beide drehten sich zur Tür um und Davids Atem stockte, als die Silhouette seines Vaters, Markus Breitner, im grellen Licht seiner Taschenlampe auftauchte. Die Stirn tief in Falten, trat Markus mit schnellen Schritten näher, das Licht tanzte über die Werkzeuge und die Brennkessel, bevor es auf David und Lena fiel.

„Was zum Teufel ist hier los?", rief Markus mit lauter, scharfer Stimme. Sein Blick sprang zwischen David und Lena hin und her, während seine Hand die Taschenlampe fester umklammerte. „David, was machst du hier? Und was … macht sie hier?!"

Lena spürte, wie sich der Blick von Davids Vater auf sie heftete, als ob er sie durchbohren wollte. Die Kombination aus Misstrauen, Ärger und der offensichtlichen Anspannung der letzten Wochen lag wie ein bleierner Schatten über der Szenerie. Die anstehende Besichtigung durch den

Spirituosenhändler, die Nerven, die sowohl auf dem Fruntner-Hof als auch bei den Breitners blank lagen – alles schien plötzlich in diesem Moment zu explodieren.

„Vater, hör zu", begann David, seine Stimme angespannt. „Jemand war hier. Jemand hat versucht, die Brennerei zu sabotieren." Seine Hände ballten sich unwillkürlich zu Fäusten, als er mit dem Kopf in Richtung des Kessels deutete. „Wir haben ihn überrascht, aber er ist entkommen, bevor wir ihn fassen konnten."

Markus trat näher. „Mhm ... überrascht ... wir ...", murmelte er und ließ den Strahl der Taschenlampe über den Boden gleiten. Die verstreuten Werkzeuge, die manipulierten Ventile – langsam dämmerte ihm die Schwere der Situation. Er kniff die Augen zusammen, als er sich die Schäden genauer ansah, doch bevor er etwas sagte, drehte er sich erneut zu Lena. „Und was hat sie damit zu tun?" Seine Stimme klang scharf und misstrauisch, als hätte er die Antwort bereits erahnt, aber sie doch aus Lena herausholen wollen.

Lena fühlte den stechenden Blick auf sich, während sich die Luft um sie herum immer schwerer anfühlte. Sie öffnete den Mund, um etwas zu sagen, doch bevor sie die richtigen Worte finden konnte, trat David einen Schritt nach vorne, als würde er sich schützend vor sie stellen. „Lena hat nichts damit zu tun. Sie hat mir geholfen, Vater. Wir haben das zusammen herausgefunden. Sie hat den Kerl genauso gesehen wie ich."

Für einen Moment schien Markus innezuhalten, doch der Ausdruck in seinen Augen verriet, dass er Lena nicht traute. Seine Stirn warf tiefe Falten und seine Lippen verzogen sich zu einem dünnen Strich. „Ihr trefft euch also immer noch heimlich? Mitten in der Nacht? Nach allem, was zwischen unseren Familien passiert? Das klingt für mich nicht gerade nach Zufall. Junge, das hätte ich nie von dir gedacht!"

Lena spürte die Kälte in seiner Stimme und trat instinktiv einen Schritt zurück. Sie wusste, dass diese Situation komplizierter war, als sie zunächst gedacht hatte. Die Fehde zwischen den Familien, die verbotene Liebe zwischen ihr und David – das alles wurde immer schwieriger.

„Vater, das ist nicht der Punkt!" Davids Stimme war lauter geworden, voller Entschlossenheit. „Jemand hat versucht, unsere Brennerei zu sabotieren! Wenn wir ihn nicht überrascht hätten, wäre die gesamte Anlage vielleicht morgen früh in die Luft geflogen. Es wäre alles verloren gewesen." Seine Hand deutete erneut auf die manipulierten Ventile. „Das hier ist kein Zufall und es war definitiv kein Unfall."

Markus trat einen Schritt näher und beugte sich über den Kessel, seine Augen fixierten die gelösten Ventile. Seine Stirn verzog sich, während er mit den Fingern über die Metallverbindungen fuhr. „Wer auch immer das war, er wusste genau, was er tat." Seine Stimme klang plötzlich ruhig, fast bedrohlich. „Das hier hätte nicht nur die Anlage zerstören können. Es hätte auch Menschenleben kosten können."

Lena fühlte einen Kloß in ihrem Hals aufsteigen, als sie die Worte hörte. Derjenige, der das getan hatte, spielte nicht nur mit der Zukunft der Familie Breitner, sondern auch mit deren Leben. „Aber wer würde so etwas tun?", flüsterte sie und sah zu David, der noch immer angespannt neben ihr stand.

„Das ist die Frage", antwortete David und ließ seinen Blick erneut über die Destille gleiten. „Wer auch immer das war, wollte sicherstellen, dass unsere Familie scheitert."

Markus richtete sich auf und drehte sich zu den beiden um. Seine Miene war ernst und das Misstrauen gegenüber Lena war noch nicht verflogen. „Das hier ist keine Kleinigkeit. Wir dürfen das nicht unter den Tisch kehren." Er machte eine kurze Pause, bevor er fortfuhr: „Aber du, Lena, solltest besser heimgehen. Dein Vater wird es nicht gut aufnehmen, wenn er erfährt, dass du hier bist."

Lena nickte langsam, obwohl ihr Herz schwer war. Sie wusste, dass dieser Vorfall alles noch komplizierter machen würde. Ihre heimlichen Treffen mit David, die Fehde zwischen den Familien – all das wurde durch diesen Angriff noch verschärft. Doch jetzt ging es um mehr als nur ihre Gefühle füreinander. „Ich gehe", sagte sie schließlich, ihre Stimme leise, aber fest. „Aber wir reden morgen."

David erwiderte ihren Blick und für einen kurzen Moment schien zwischen ihnen ein stilles Versprechen zu liegen. Doch bevor sie noch etwas sagen konnte, drehte sich Markus um und ließ das Licht seiner Taschenlampe erneut über die Brennerei wandern. „Wir müssen sofort Maßnahmen ergreifen. Das hier könnte wieder passieren. Ich werde morgen mit den Arbeitern sprechen, aber niemand erfährt etwas von dieser Sabotage, bis wir mehr wissen."

Lena verstand, dass Markus die Situation so gut wie möglich kontrollieren wollte. Doch sie wusste auch, dass das Risiko zu groß war, um es zu ignorieren. Sie drehte sich um und eilte aus der Brennerei, während der Wind ihr ins Gesicht wehte. Die Nacht war dunkel und still, aber ihre Gedanken waren laut.

Sie wusste, dass sie und David jetzt zusammenhalten mussten. Egal, welche Hürden sich ihnen in den Weg stellten, sie mussten herausfinden, wer hinter der Sabotage steckte – bevor es zu spät war.

Spannungen am Morgen

Lena schlich sich durch die Dunkelheit, den vertrauten Pfad zurück zum Friedhof, stieg auf ihr Fahrrad und radelte die wenigen Minuten zum Fruntner-Hof am Ende der Reiersbacher Straße. Jede Bewegung fühlte sich schwerer an als sonst. Die Ereignisse der letzten Stunde in der Brennerei der Breitners hatten ihr einen Schrecken eingejagt, der sie nicht mehr losließ. Die Sabotage, die heimlichen Treffen mit David, die Konfrontation mit Markus – es fühlte sich an, als hätte sich ein dichtes Netz aus Problemen um sie und David gesponnen. Lena war sich sicher: Ihre Familien standen kurz vor einem Zusammenbruch und der Druck der bevorstehenden Händlerbesichtigung war nur ein Teil der wachsenden Bedrohung.

Als sie endlich den Fruntner-Hof erreichte, stieg sie von ihrem Fahrrad und stellte es leise ab. Der Hof lag ruhig und still, kein Laut war zu hören außer dem Rascheln der Blätter im sanften Wind. Lena schlich sich ins Haus, darauf bedacht, niemanden zu wecken. Heinrich, ihr Vater, schlief vermutlich tief und fest – zumindest hoffte sie das. Dennoch konnte sie die drückende Unruhe nicht abschütteln, die sie die ganze Nacht wachhalten würde.

Als die ersten Sonnenstrahlen über den Hof fielen, war Lena bereits in der Küche. Sie hatte die ganze Nacht nicht geschlafen, ihre Gedanken rasten immer wieder zu der Sabotage zurück, zu der Gefahr, die nicht nur die Brennerei der Breitners, sondern auch ihre Familien bedrohen könnte. Doch das durfte ihr Vater nicht erfahren. Heinrich betrat die

Küche, sein Gesicht verschlafen, aber der gewohnte Ausdruck von Entschlossenheit war wie immer präsent.

„Du bist aber früh auf den Beinen", brummte er, während er sich einen Kaffee einschenkte.

Lena zuckte mit den Schultern, versuchte, ruhig zu wirken. „Ich konnte nicht schlafen." Das war zwar die Wahrheit, doch sie verschwieg, was wirklich in ihrem Kopf vorging. „Ich wollte früh anfangen. Es gibt noch so viel zu tun."

Heinrich nickte und nahm einen tiefen Schluck von seinem Kaffee. „Das ist gut. Wir haben heute noch viel Arbeit. Der Händler kommt in ein paar Tagen und wir müssen sicherstellen, dass alles perfekt läuft. Keine Fehler, keine Probleme. Alles muss reibungslos funktionieren." Sein Blick war prüfend, als ob er versuchte, etwas in ihrer Miene zu erkennen.

Lena spürte, wie ihre Anspannung wuchs. Bevor er jedoch weitere Fragen stellen konnte, betrat Marian, der Vorarbeiter, die Küche und begann sofort, mit Heinrich die Tagesplanung zu besprechen. Lena nutzte die Gelegenheit, um leise zu verschwinden. Für den Moment war sie dem bohrenden Blick ihres Vaters entkommen, doch sie wusste, dass das nicht lange anhalten würde.

Die Arbeit auf dem Hof begann wie jeden Tag, doch die Stimmung war gedrückt. Die Erntehelfer gingen ihrer Arbeit nach, aber irgendwie lag eine unausgesprochene Spannung in der Luft. Heinrich war noch gereizter als sonst, während Marian hektisch von einem Punkt zum anderen rannte, um die Ernte zu organisieren. Lena versuchte sich auf ihre Aufgaben zu konzentrieren, doch ihre Gedanken wanderten immer wieder zurück zu David und der Sabotage. War es wirklich die richtige Entscheidung gewesen, alles vor ihrem Vater geheim zu halten? Sie spürte, wie der Druck immer mehr auf ihren Schultern lastete.

Im Laufe des Vormittags fiel Lena auf, dass Heinrich immer wieder unruhig den Hof absuchte, als würde er etwas erwarten oder befürchten. War ihm etwas aufgefallen? Hatte er Verdacht geschöpft? Lena fühlte sich, als würde sie auf einem Pulverfass sitzen, das jederzeit explodieren konnte.

Gabi, Lenas Mutter, kam mit schnellen Schritten über den Hof. Ihr Blick fiel auf die frisch angelieferten Kirschen, die in großen Wannen neben dem Traktor abgestellt waren. Sie nahm eine große Plastikschüssel und begann mit geübten Handgriffen, einige der glänzenden, tiefroten Früchte umzufüllen. Ihre Hände arbeiteten flink und schon bald war die Schüssel randvoll.

„Mama, ich hätte sie dir doch noch rüber gebracht", rief Lena, doch Gabi schüttelte nur lächelnd den Kopf „Du hast auch so schon genug zu tun."

Schon trug sie die Schüssel zur Waage in der Scheune, wo sie die Kirschen in kleine Pappschalen zu je 500 Gramm abwog. Eine nach der anderen stellte sie die Schalen ordentlich in einen Korb. Schließlich brachte sie den Korb zum Verkaufshäuschen am Hoftor, wo sie die Schalen sorgfältig arrangierte, bereit für die Kunden, die im Laufe des Tages vorbeikommen würden.

Gabi kontrollierte noch schnell die Geldkassette, die lediglich ein Metallkasten mit einem Schlitz für den Geldeinwurf war, rückte das laminierte Schild „500g Kirschen – 3,00

Euro" zurecht und machte sich dann auf den Weg zurück ins Haus.

Das Verkaufshäuschen lag Gabi besonders am Herzen und sie kümmerte sich liebevoll darum. Mit der restlichen Arbeit auf dem Hof hatte sie wenig zu tun, sie hielt sich meistens aus allem heraus. Nur das Selbstbedienungshäuschen und der lokale Vertrieb im Dorf – das war ihr Bereich.

Als der Nachmittag anbrach und die Sonne ihren höchsten Punkt erreicht hatte, sah Lena plötzlich eine Bewegung am Rand des Hofes. Sie hob den Kopf und erkannte David, der sich unauffällig zwischen den Bäumen am Eingang versteckte. Ihr Herz machte einen Sprung, doch sie wusste, dass sie vorsichtig sein musste. Ohne Aufsehen zu erregen, stellte sie ihre Arbeit ein und ging in seine Richtung, die Blicke der Erntehelfer im Auge behaltend.

David wirkte angespannt, als sie ihn erreichte. „Lena", flüsterte er hastig, „wir müssen reden."

Lena nickte und sah sich um, bevor sie ihn hinter die Scheune führte, wo sie ungestört sprechen konnten. „Was ist passiert?"

„Mein Vater hat heute Morgen die Arbeiter informiert", begann David, seine Stimme leise, aber drängend. „Er hat ihnen nichts von der Sabotage erzählt, aber er hat strenge Sicherheitsmaßnahmen angeordnet. Niemand soll in die Nähe der Brennerei kommen, der nicht dazugehört. Die Arbeiter sollen nachts Schichten übernehmen."

„Und hat er jemanden im Verdacht?", fragte Lena besorgt.

David schüttelte den Kopf, seine Augen funkelten. „Noch nicht. Aber er ist auf der Hut. Er weiß, dass etwas nicht stimmt. Er will auf keinen Fall, dass ein Skandal ausbricht, bevor der Händler kommt."

Lena atmete tief durch und ließ die Worte auf sich wirken. „Das bedeutet, wir müssen selbst herausfinden, wer dahintersteckt. Wenn dieser Kerl zurückkommt und Erfolg hat …" ihre Stimme brach ab. Sie wusste genau, wie schlimm die Folgen wären.

David nickte. „Wir können uns auf niemanden verlassen. Wir sind auf uns allein gestellt. Aber heute Nacht werde ich in der Nähe der Brennerei sein und Wache halten. Irgendetwas sagt mir, dass das noch nicht vorbei ist."

Lena spürte eine Mischung aus Angst und Entschlossenheit in sich aufsteigen. „Ich werde hier ebenfalls wachsamer sein", flüsterte sie. „Wenn jemand auf unserem Hof auftaucht, werde ich es merken."

David sah sie lange an, dann legte er eine Hand auf ihre Schulter. „Sei vorsichtig, Lena. Wir wissen nicht, wie weit dieser Kerl gehen würde."

Lena schluckte und nickte. „Du auch."

Sie trennten sich, Lena sah David nach, wie er den Hof wieder verließ. Ihr Herz hämmerte in ihrer Brust. Die Spannung war greifbar und sie wusste, dass die kommende Nacht entscheidend sein würde.

Der Abend kam schnell und die letzten Sonnenstrahlen verschwanden hinter den Hügeln. Lena hatte sich in der Nähe der alten Scheune des Fruntner-Hofs versteckt, von wo aus sie den Hof und die Maschinen gut im Auge behalten konnte. Die Erntehelfer hatten den Hof verlassen und die Nacht legte sich langsam wie ein schwerer Schleier über die umliegenden Wiesen. Jede Bewegung fühlte sich plötzlich gefährlich an, jeder Schatten wirkte bedrohlich. Lena war bereit. Sie würde nicht zulassen, dass der Saboteur unbemerkt auf ihren Hof schlich.

Plötzlich hörte sie Schritte. Ihr Herz setzte einen Schlag aus. Vorsichtig hob sie den Kopf und spähte aus ihrem Versteck. Da war er – eine dunkle Gestalt, die sich zwischen den Bäumen bewegte, genau wie in der Nacht zuvor bei den Breitners. Lena hielt den Atem an. Der Fremde näherte sich den Maschinen und Lena wusste sofort, was er vorhatte.

Sie griff hastig nach ihrem Handy und wählte Davids Nummer. „David", flüsterte sie hastig, „er ist hier. Der Saboteur ist auf unserem Hof."

„Bleib ruhig", kam Davids gedämpfte Antwort. „Ich komme sofort. Versuch, ihn im Auge zu behalten."

Lena legte auf und ging geduckt vorsichtig näher, ohne den Fremden aus den Augen zu lassen. Ihr Herz hämmerte in ihrer Brust, als sie sah, wie er sich an den Maschinen zu schaffen machte. Er schien keine Ahnung zu haben, dass er beobachtet wurde.

Doch plötzlich trat Lena auf einen Stein, der mit einem leisen Knirschen unter ihrem Fuß wegrutschte. Der Fremde zuckte zusammen, drehte sich um, und ihre Blicke trafen sich für den Bruchteil einer Sekunde. Lena spürte, wie ihr Herz stillstand.

26

Bevor sie reagieren konnte, rannte der Mann los. „Nein!",
rief sie und sprintete hinter ihm her. Sie war nicht schnell genug, doch plötzlich sah sie David, der aus dem Schatten trat
und dem Saboteur den Weg abschnitt. Mit einem schnellen
Sprung warf sich David auf den Mann, beide stürzten hart zu
Boden, und es kam zu einem kurzen, heftigen Gerangel.

„Lena, hilf mir!", David keuchte, während er versuchte,
den Mann festzuhalten.

Lena rannte zu ihnen und half, den Saboteur zu Boden zu
drücken. Der Mann wehrte sich, doch David hatte ihn fest im
Griff. „Wer bist du?", fragte David scharf, seine Augen funkelten vor Zorn.

Der Mann schwieg, seine Lippen fest aufeinander gepresst.
Lena sah ihn genauer an – sein Gesicht war dreckig und in
seinen Augen brannte Wut.

David atmete schwer. „Wir bringen ihn zu meinem Vater",
sagte er schließlich. „Er wird wissen, was zu tun ist."

Lena nickte, während sie den Saboteur im Auge behielt.
Der nächste Schritt war ungewiss, doch sie wussten, dass sie
endlich eine Antwort auf ihre Fragen bekommen würden –
und vielleicht die Identität ihres Feindes es enthüllen konnten.

Die Ruhe vor dem Sturm

Die ersten Sonnenstrahlen fielen durch die großen Fenster der Fruntner-Küche und der Duft von frisch gebrühtem Kaffee mischte sich mit der sanften Brise, die vom Hof hereindrang. Lena saß bereits am Tisch, ihr Blick war auf das Fenster gerichtet, doch in Gedanken war sie ganz woanders. Die Ereignisse der letzten Nacht, die Jagd nach dem Saboteur und die drängenden Fragen ließen ihr keine Ruhe. Während ihre Hände die warme Kaffeetasse umschlossen, versuchte sie sich zu sammeln. Doch tief in ihr nagte die Sorge, dass die Gefahr noch lange nicht vorüber war.

„Du bist schon wach?" Heinrichs Stimme riss sie aus ihren Gedanken. Ihr Vater stand im Türrahmen, das Haar noch zerzaust vom Schlaf, aber seine Augen funkelten wachsam. „Nach der harten Arbeit gestern hätte ich gedacht, du schläfst länger."

Lena zwang sich zu einem Lächeln. „Ich konnte nicht schlafen", antwortete sie ausweichend. „Es gibt viel zu tun und ich wollte früh anfangen."

Heinrich musterte sie kurz, als wollte er in ihrem Gesicht lesen. „Das Gleiche hast du gestern auch gesagt." Dann setzte er sich zu ihr und schenkte sich Kaffee ein. „Aber ja, wir dürfen jetzt keinen Leerlauf haben. Der Händler kommt bald und die Ernte muss fertig sein." Er nahm einen tiefen Schluck und lehnte sich zurück. „Heute müssen die Kirschen zur Verarbeitung. Wir dürfen keine Zeit verlieren."

Lena nickte stumm und versuchte, ihre Gedanken auf die Arbeit zu lenken. Sie hatte gehofft, dass der Morgen normal verlaufen würde, doch Heinrich wirkte angespannter als sonst. Das Gewicht der bevorstehenden Händlerbesichtigung lastete schwer auf ihm – und damit auch auf dem gesamten Hof.

Nach dem Frühstück schwang Lena sich auf ihr Fahrrad und radelte zur Kirschwiese an der Önsbacher Straße. Die Maschinen, die gestern die Kirschen auf der Wiese bei der Ellengasse von den Bäumen geschüttelt hatten, waren hier bereits wieder in vollem Betrieb.

Lenas Familie besaß mehrere Steinobstwiesen rund um Renchen-Ulm. Sie zauberten aus etlichen Obstsorten, wie Kirschen, Birnen, Mirabellen, Zwetschgen und Äpfel, leckere Brände, Liköre und viele mehr.

Die Erntehelfer arbeiteten in den Reihen der Bäume und füllten die Kirschen mit den Kirschentüchern, so nannte man die Plastikplanen, in großen Wannen. Dann brachten sie die Früchte zur Verarbeitungsstation, wo die nächste Phase der Produktion begann.

Lena trat an einen der Behälter heran und half, die Kirschen in eine große Sortiermaschine zu füllen. Die Maschine brummte laut, als sie die Früchte langsam auf ein Förderband schickte. Die reifen, tiefroten Kirschen glitten über das Gebläse, wo sie von Stielen, Blättern und eventuellen Verunreinigungen befreit wurden, bevor sie wieder in große Plastikwannen fielen, bereit für den Abtransport zum Hof.

„Die Verarbeitung läuft gut“, murmelte Marian, der neben Lena stand und die Arbeiten überwachte. „Wenn wir in diesem Tempo weitermachen, schaffen wir diese Wiese heute komplett."

Lena nickte, während sie weiter die Kirschentücher in die Wannen entleerte. Es war eine anstrengende und mechanische Arbeit, aber sie schaffte es, ihre Gedanken für einen Moment auf etwas anderes zu lenken.

Die Kirschen wurden dann zum Hof gefahren, wo sie 3-4 Wochen in großen Fässern den Gärungsprozess durchlaufen und schließlich in der Brennerei destilliert würden.

Das Wichtigste beim Gärungsprozess war die Zugabe der Hefe, denn hierfür nahmen die Brenner von Renchen-Ulm die besondere Bierhefe der ortsansässigen Familienbrauerei. Heinrich sagte immer wieder „Diese Bierhefe verleiht dem Ulmer Kirschwasser eine ganz besondere Note."

Am späten Vormittag, als die ersten Kisten mit Kirschen zum Hof gebracht wurden, kam Marian erneut zu ihr. Seine Miene war ernst und sie bemerkte sofort, dass etwas nicht stimmte. „Heinrich wollte, dass ich dir Bescheid gebe", begann er leise. „Wir haben Gerüchte gehört."

„Gerüchte?", fragte Lena und versuchte, ihre Stimme ruhig zu halten.

„Ja, bei den Breitners scheint letzte Nacht etwas passiert zu sein. Die Arbeiter haben davon gesprochen, dass sie jemanden auf ihrem Hof erwischt haben." Marian machte eine kurze Pause, als ob er überlegen würde, wie viel er sagen sollte. „Sie halten ihn wohl fest. Es soll jemand sein, der bei den Maschinen geschnüffelt hat."

Lena spürte, wie ihr Herz einen Schlag aussetzte. Sie durfte sich jetzt nicht verraten, dass sie und David den Kerl hier auf dem Fruntner-Hof gefasst hatten und zwang sich, ruhig zu bleiben. „Weiß Heinrich davon?"

„Ja", antwortete Marian. „Er hat gesagt, dass wir uns auf unsere eigene Ernte konzentrieren sollen. Was bei den Breitners passiert, geht uns nichts an."

Lena nickte mechanisch. Ihr Vater wusste also nichts von dem Sabotageversuch auf seinem eigenen Hof. Und das sollte auch so bleiben, zumindest für den Moment. Sie durfte ihm nichts verraten, bevor sie und David mehr wussten. Doch die Neuigkeiten von Marian ließen sie nicht los.

„Sag meinem Vater, dass ich gleich bei ihm bin", sagte sie schließlich, um das Gespräch zu beenden.

„Lena?" Gabi kam über den Hof auf ihre Tochter zu. „Hast du daran gedacht, nach den Mirabellen zu schauen? Die Serrer-Mädels haben für ihren Hofladen bestellt."

„Ja, Mama, der Korb steht auf der Veranda, du bist direkt daran vorbeigelaufen", lachte Lena. „Und die ersten Zwetschgen habe ich dir für dein Häuschen auch schon mitgebracht."

Gabi blieb abrupt stehen und schaute zurück zur Veranda, wo der große, geflochtene Korb stand. „Wo ist nur mein Kopf? Entschuldige, Kind", murmelte sie und machte sich auf den Weg zurück zum Haus, um die Lieferung vorzubereiten.

Die Serrer-Mädels, wie Gabi sie immer nannte, hatten in ihrem Blumenladen eine Ecke als Hofladen eingerichtet. Dort boten sie eine große Vielfalt an eigenen Obst- und Gemüseprodukten an, aber auch Wurst, Fleisch und Käse eines regionalen Metzgers sowie Fischinger's feine Eiernudeln, Ulmer Honig, Essig und Öle. Viele Dorfbewohner kauften gerne dort ein, aber auch aus den umliegenden Dörfern kamen Kunden.

Gabi war schon vor Jahren eine Kooperation mit den Serrers eingegangen. Sie lieferte Mirabellen für den Hofladen und nahm im Gegenzug deren Erdbeeren für ihr Selbstbedienungshäuschen mit. Im Dorf hielt man zusammen.

Später am Tag, als die Sonne bereits hoch am Himmel stand und die Arbeit auf dem Hof auf Hochtouren lief, machte Lena sich auf den Weg zu einem abgesprochenen Treffen mit David. Sie ließ die Kirschen und die Maschinen hinter sich und fanden sich erneut an ihrer alten Hütte am Friedhof ein. David wirkte angespannt und sie wusste sofort, dass die Ereignisse der Nacht ihn genauso belasteten wie sie.

„Wir haben ihn befragt", begann David ohne Umschweife. „Er hat nicht viel gesagt, aber genug, um uns Sorgen zu machen."

„Was hat er gesagt?", fragte Lena, während sie sich auf einen alten Holzbalken setzte.

David seufzte tief. „Er meinte, es gehe um viel mehr als nur unsere Brennereien. Er sagte, wir hätten keine Ahnung, worum es wirklich geht." Seine Stimme klang verbittert. „Und er schwieg, als wir ihn weiter drängten."

Lena runzelte die Stirn. „Mehr als nur unsere Brennereien? Was könnte er damit meinen?"

„Das ist die Frage", murmelte David und starrte in die Ferne. „Aber ich habe das Gefühl, dass jemand unsere beiden Höfe ins Visier genommen hat. Jemand will mehr, als nur unseren Erfolg sabotieren. Es steckt etwas Größeres dahinter."

Lena spürte, wie ihr Magen sich zusammenzog. „Aber wer könnte so etwas wollen? Und warum jetzt, so kurz vor dem Händlerbesuch?"

David zuckte mit den Schultern. „Vielleicht will jemand selbst den großen Deal abschließen. Vielleicht gibt es jemanden, der uns aus dem Weg räumen will, um die Kontrolle über die gesamte Region zu übernehmen."

Lena nickte langsam. Es war ein beunruhigender Gedanke, doch er schien plausibel. „Wir müssen wachsam sein. Ich werde ein Auge auf unseren Hof haben und du solltest dasselbe bei euch tun."

David sah sie ernst an. „Wir dürfen nicht zulassen, dass sie uns noch einmal überraschen. Wenn der Saboteur zurückkommt – und das wird er – müssen wir vorbereitet sein."

Lena ballte die Fäuste und nickte entschlossen. „Wir werden es gemeinsam durchstehen. Was auch passiert."

Ein neuer Verdacht

Die Sonne stand bereits tief am Horizont, als Lena mit schnellen Schritten über den Fruntner-Hof ging. Der lange Schatten des alten Walnussbaums, der am Rand des Fruntner-Hofs stand, wurde größer und die Hitze des Tages wich allmählich einer angenehmen Kühle. Ihr Gespräch mit David lastete schwer auf ihr und die Worte des Saboteurs hallten immer noch in ihrem Kopf wider. Es gehe um mehr als nur die Brennereien. Wer auch immer dahintersteckte, spielte ein Spiel, das weit über ihre Vorstellungskraft hinausging.

Lena schüttelte den Kopf, um die aufsteigende Panik zu verdrängen. Sie konnte jetzt nicht den Kopf verlieren. Die Ernte ging weiter und der bevorstehende Besuch des Spirituosenhändlers rückte mit jedem Tag näher. Dieser Deal würde die Zukunft ihrer Familie sichern – und der Gedanke, dass jemand das alles zerstören wollte, ließ ihre Nerven blank liegen.

Am Ende des Hofes entdeckte sie ihren Vater Heinrich, der mit Marian, dem Vorarbeiter, sprach. Heinrichs Schultern waren angespannt, seine Miene ernst, als er sich mit verschränkten Armen über die Arbeit beugte. Lena konnte die Anspannung in der Luft fast greifen.

„Lena!", rief Heinrich, als er sie bemerkte. „Wir müssen uns beeilen. Die letzten Kisten mit den optisch perfekten Kirschen müssen heute noch zur Annahmestelle vom Obstgroßmarkt gebracht werden, sonst verlieren wir kostbare Zeit."

Lena nickte und kam näher. „Ich bin bereit. Was soll ich tun?"

Heinrich wischte sich den Schweiß von der Stirn. „Hilf Marian und den anderen bei der Verladung. Wir dürfen keinen Augenblick mehr verschwenden."

Sie gesellte sich zu den Erntehelfern, die damit beschäftigt waren, die schweren Kisten voller Kirschen auf die Wagen zu laden, die zum Obstgroßmarkt fahren sollten. Die Kirschen, dunkelrot und saftig, schimmerten im letzten Licht des Tages wie Edelsteine. Der süße Duft der Früchte hing schwer in der Luft und mischte sich mit dem metallischen Geruch der Maschinen.

Lena packte mit an, hob eine der schweren Kisten und kippte den Inhalt in eine der 8 großen Holzverschläge, die auf dem Anhänger festgezurrt waren.

Die körperliche Arbeit half ihr, ihre Gedanken für einen Moment zu ordnen, doch der Druck, der auf ihren Schultern lastete, war erdrückend. Sie warf einen Blick zu Heinrich hinüber, der alles überwachte. Er war ein Mann, der sich nie von Problemen überwältigen ließ, doch selbst sie konnte sehen, wie ihm der Stress der letzten Tage zusetzte.

„Halt durch, Lena", murmelte sie zu sich selbst, während sie die Kiste auf den Wagen wuchtete. „Wir schaffen das."

Marian stand in der Nähe und dirigierte die Erntehelfer. Als Lena eine Pause einlegte, trat er zu ihr. „Die Verarbeitung läuft gut", sagte er leise, seine Augen auf die Kisten gerichtet. „Wir sind im Zeitplan. Wenn nichts dazwischenkommt, schaffen wir es."

Lena nickte, obwohl ihr ein mulmiges Gefühl blieb. „Ich hoffe es", antwortete sie, ohne ihm in die Augen zu sehen.

Die Kirschen wurden zügig verladen, Marian sprang auf den Traktor, um direkt loszufahren. „Waren es nicht sonst immer nur 4 von den Boxen?", rief Lena in die Fahrerkabine, doch Marian lächelte nur fröhlich, hob die Hand zum Gruß und fuhr los.

Lena beobachtete, wie die Arbeiter die anderen Behälter auf das Förderband schütteten, das die Früchte weiter zur Verarbeitung transportierte. Die Maschinen surrten gleichmäßig, während die Kirschen über das Band glitten und entkernt wurden. Ihr Saft floss in Behälter, bevor die entsteinten Kirschen in die großen Fermentationsfässer wanderten.

Nach kurzer Zeit kam Marian wieder auf den Hof gefahren, sprang vom Fahrersitz und half sofort den Arbeitern am Förderband.

Lena liebte diesen Prozess normalerweise. Es war eine Kunst, die sie von ihrem Vater gelernt hatte, und sie wusste, wie wichtig es war, jeden Schritt präzise auszuführen, um die Qualität des Kirschbrands zu sichern. Doch heute konnte sie sich nicht darauf konzentrieren. Ihre Gedanken wanderten immer wieder zu dem Saboteur, den sie in der Nacht zuvor mit David gefasst hatten.

Was hatte er damit gemeint, dass es um mehr ging? Warum wollte jemand sowohl den Fruntner-Hof als auch die Breitner-Familie ins Visier nehmen? Und vor allem: Wer steckte dahinter?

Plötzlich bemerkte Lena eine Bewegung am Rand des Hofes. Eine dunkle Gestalt stand halb verborgen im Schatten der Kirschbäume, als würde sie die Arbeiten aus der Ferne beobachten. Lenas Herz setzte einen Schlag aus. Sie blinzelte und versuchte, die Person besser zu erkennen, aber das Licht war zu schwach, und die Gestalt verschwand schnell hinter einem Stapel Kisten.

„Marian", flüsterte Lena und deutete mit einem Nicken in die Richtung, in der die Gestalt verschwunden war. „Da ist jemand."

Marian kniff die Augen zusammen und folgte ihrem Blick. Er zögerte nicht lange. „Warte hier", sagte er ernst, bevor er in langen Schritten auf die Stelle zulief.

Lena sah ihm nach, das Herz klopfte ihr bis zum Hals. War es der gleiche Mann wie letzte Nacht? Hatte der Saboteur Komplizen? Ihre Gedanken rasten und sie spürte, wie sich ihre Hände vor Anspannung zu Fäusten ballten.

Marian durchsuchte die Stelle hinter den Kisten, doch die Gestalt war bereits verschwunden. Er kehrte zurück, der Ausdruck in seinem Gesicht ernst. „Wer auch immer das war, ist weg", sagte er leise. „Ich habe ihn von weitem nicht richtig gesehen, aber das war kein Arbeiter von hier."

Lena schluckte. „Das kann kein Zufall sein, Marian. Erst die Sabotage bei den Breitners und jetzt schleicht jemand hier herum."

Marian nickte langsam und sah sich wachsam um. „Wir müssen vorsichtig sein. Ich werde ein paar Wachen aufstellen.

Aber bis dahin mach dir keine Sorgen. Sag deinem Vater nichts davon."

Lena zögerte kurz, bevor sie nickte. Marian hatte recht. Heinrich durfte nichts erfahren, nicht jetzt, wo so viel auf dem Spiel stand. Doch tief in ihr machte sich das ungute Gefühl breit, dass die Gefahr auch mit Wachen nicht gebannt war.

Während die letzten Kisten zur Brennerei gebracht wurden, zog sich die Nacht über den Hof. Die Arbeit lief wie gewohnt weiter, doch Lena konnte die Unruhe nicht abschütteln. Jede Bewegung im Schatten ließ sie zusammenzucken und jedes Geräusch schien ihr verdächtig. Was, wenn der Saboteur erneut zuschlagen wollte?

Nach einer Weile zog sie sich zurück und lehnte sich gegen die Wand der Scheune. Ihr Körper war müde von der Arbeit, doch ihre Gedanken waren rastlos. Sie wusste, dass dies mehr war als nur ein einfacher Sabotageakt. Jemand wollte ihre Familien destabilisieren und sie musste herausfinden, wer das war – bevor es zu spät war.

Sie holte tief Luft und richtete ihren Blick auf den Himmel, wo die ersten Sterne am dunklen Firmament erschienen. Der Hof war still, die Erntehelfer waren fast fertig mit ihrer Arbeit. Doch Lena wusste, dass diese Ruhe trügerisch war.

Der Saboteur war noch immer auf freiem Fuß. Und er würde wiederkommen.

Die Masken fallen

Die Nacht war über Renchen-Ulm hereingebrochen und der Hof lag in tiefer Dunkelheit. Lena hatte sich in ihr Zimmer zurückgezogen, doch an Schlaf war nicht zu denken. Ihre Gedanken kreisten unentwegt um die mysteriösen Ereignisse der letzten Tage – den Saboteur, die angespannte Situation auf dem Hof und die versteckte Gefahr, die über ihnen schwebte. Irgendetwas stimmte nicht und Lena wusste, dass es mehr zu entdecken gab, als bisher offensichtlich war.

Schließlich hielt sie die Unruhe nicht länger im Bett. Sie zog sich leise an, schlich durchs Haus und trat in die kühle Nacht hinaus. Sie hatte so viel Adrenalin in sich, sie wollte sich bewegen. Der Mond hing hell am Himmel und tauchte den Hof in ein fahles Licht. Ohne ein klares Ziel zu haben, lief sie los, ihre Schritte führten sie die Lenzengasse hinunter, dann links durch die Armenhöfestraße bis zur Dorfmitte; dann unbewusst und doch instinktiv rechts die Oberkircher Straße runter bis zum Friedhof in Richtung der alten Hütte. Es war ihr Rückzugsort, wenn die Welt um sie herum zu chaotisch wurde.

Doch als sie sich der Hütte näherte, bemerkte sie etwas Ungewöhnliches. Ein schwaches Licht schimmerte durch die Ritzen der Tür und als sie näher kam, hörte sie gedämpfte Stimmen aus dem Inneren. Sie hielt inne, presste sich an die kühle Holzwand der Hütte und lauschte.

„Wir haben uns nicht darauf geeinigt, so weit zu gehen", hörte sie plötzlich die raue Stimme von Marian. Lena erstarrte. Marian? Was machte er um diese Zeit in der Friedhofshütte? Noch bevor sie eine Erklärung finden konnte, antwortete eine zweite Stimme, die Lena nicht erkannte – tiefer, bedrohlicher. „Es gibt kein Zurück mehr. Die Fruntners und die Breitners werden fallen, und zwar bald."

Lenas Herz setzte einen Schlag aus. Sie kniff die Augen zusammen und hielt den Atem an. Was redeten sie da?

„Aber Sabotage?", sagte Marian, nun lauter. „Das ist etwas anderes, als ein paar Gerüchte zu streuen. Die Breitners sind jetzt wachsam und die Fruntners könnten bald Verdacht schöpfen."

„Das spielt keine Rolle", knurrte die zweite Stimme. „Es geht nicht nur um ihre Brennereien. Das Land, die Macht, die Kontrolle über die gesamte Region – das ist es, worum es wirklich geht."

Lena konnte kaum glauben, was sie hörte. Marian, der Mann, dem ihre Familie seit Jahren blind vertraute, arbeitete gegen sie? Und wer war dieser Fremde, der offenbar noch größere Pläne hatte?

Sie wusste, dass sie sofort weg musste. Langsam wich sie zurück, darauf bedacht, keinen Laut zu verursachen. Doch als sie einen Schritt nach hinten machte, trat sie auf einen trockenen Zweig, der mit einem lauten Knacken zerbrach. Die Stimmen in der Hütte verstummten sofort.

„Da draußen ist jemand", zischte die fremde Stimme. Lena drehte sich abrupt um und rannte los. Hinter sich hörte sie die Tür der Hütte aufschwingen und Schritte auf dem harten Boden. „Halt! Wer ist da?" schrie Marian.

40

Lena rannte, so schnell sie konnte. Ihre Schritte hallten durch die Nacht und das kalte Mondlicht zeigte ihr den Weg zurück zum Hof. Ihr Atem ging stoßweise und ihr Herz pochte wild. Sie wusste, dass sie schnell handeln musste – Marian durfte sie nicht erwischen. Nein, sie konnte nicht zurück nach Hause; sie musste zu David.

Sie bog ab und sprintete durch das hohe Gras, bis sie endlich den schmalen Pfad erreichte, der zum Breitner-Hof führte. Ihre Beine brannten, doch sie zwang sich weiter, bis sie außer Atem an den hinteren Rand des Grundstücks kam. Vor ihr lag die vertraute Szenerie der Breitners, still und verlassen im Mondlicht.

Lena zögerte kurz, bevor sie sich näher an das Anwesen heranschlich. Sie konnte die alte Scheune erkennen, in der David oft spät Abends arbeitete, und steuerte darauf zu. Vorsichtig klopfte sie an die Tür, die sich nach einem Moment langsam öffnete. David stand in der Tür, seine Augen verengt vor Misstrauen, doch als er Lena erkannte, ließ er sie hastig hinein.

„Lena? Was ist los?" fragte er sofort, als er ihre erschöpfte Gestalt sah.

Lena lehnte sich gegen die Wand der Scheune, keuchend und außer Atem. „David ... Ich habe Marian und einen Fremden belauscht", stieß sie zwischen tiefen Atemzügen hervor. „Sie planen etwas. Es geht um viel mehr als nur die Brennereien."

Davids Gesicht versteinerte und seine Augen verengten sich. „Was hast du gehört?"

„Sie wollen sowohl unsere Familien als auch unsere Betriebe zerstören", flüsterte Lena. „Es geht um das Land, um die Macht in der Region. Sie sprachen von Sabotage – und Marian ist darin verwickelt."

David starrte sie einen Moment lang schweigend an, dann ballte er die Fäuste. „Das erklärt einiges", murmelte er schließlich, seine Stimme leise und wütend. „Ich hätte nie gedacht, dass Marian so tief sinken würde. Aber jetzt ist es klar. Wir haben keine Zeit zu verlieren."

Lena nickte, fühlte jedoch die Schwere der Situation. „Was sollen wir tun? Wir können das nicht länger geheim halten. Sie planen etwas Großes – und ich habe das Gefühl, dass es bald geschehen wird."

David atmete tief durch und sah sie ernst an. „Wir müssen unsere Väter warnen. Aber wir müssen vorsichtig sein. Wenn Marian erfährt, dass wir Bescheid wissen, könnte das alles noch gefährlicher werden."

„Wie sollen wir das tun, ohne dass er Verdacht schöpft?", fragte Lena, während sie versuchte, ihre zitternden Hände zu beruhigen.

„Wir sagen nichts, bis wir einen konkreten Plan haben", antwortete David. „Ich werde mit meinem Vater sprechen, aber wir müssen ihm das so schonend wie möglich beibringen. Du musst das Gleiche mit deinem Vater tun. Marian darf nicht erfahren, dass wir ihm auf die Schliche gekommen sind."

Lena spürte, wie ihre Gedanken zu rasen begannen. Der Verrat, die Gefahr, die über ihren Familien schwebte – all das fühlte sich plötzlich erdrückend an. Doch sie wusste, dass sie jetzt stark sein musste.

„Wir müssen zusammenhalten", sagte David und legte ihr eine Hand auf die Schulter. „Egal, was kommt."

Lena nickte entschlossen. „Wir werden das schaffen."

Sie wussten, dass die kommenden Tage entscheidend sein würden. Die Masken waren gefallen und das Spiel um Macht und Kontrolle hatte begonnen – doch Lena und David waren bereit, ihre Familien zu schützen, koste es, was es wolle.

Der Plan

Am nächsten Morgen wirkte der Fruntner-Hof, als würde er unter einer unsichtbaren Last ächzen. Die Sonne stand hoch am Himmel, doch Lenas Gedanken waren dunkel und unruhig. Sie konnte keinen klaren Gedanken fassen, zu schwer wog die Enthüllung von Marians Verrat und den geheimen Machenschaften des Fremden. Während die Erntehelfer über die Wiesen verstreut waren und die letzten Kirschen sammelten, versuchte Lena, die Routine des Tages beizubehalten. Doch innerlich brodelte es.

Sie hatte die ganze Nacht kaum geschlafen und die Entscheidung, wie sie ihren Vater über den Verrat informieren sollte, nagte an ihr. Marian war seit Jahrzehnten eine feste Säule auf dem Hof, jemand, dem Heinrich vertraute wie kaum einem anderen. Er kannte Lena von Kindesbeinen an. Wie sollte sie ihm sagen, dass dieser Mann ein Verräter war?

Sie fand ihren Vater in der Werkstatt, wo er mit Marian die Maschinen für die nächsten Arbeitsschritte vorbereitete. Der vertraute Anblick von Marian, wie er ruhig neben Heinrich stand, ließ Lena einen Moment lang an ihrer Überzeugung zweifeln. Doch das, was sie in der letzten Nacht gehört hatte, ließ keinen Raum für Zweifel. Sie musste handeln, bevor es zu spät war.

Lena trat näher und räusperte sich, um die Aufmerksamkeit der beiden Männer auf sich zu ziehen. „Papa, kann ich kurz mit dir reden? Allein?"

Heinrich sah sie überrascht an, nickte jedoch und legte das Werkzeug zur Seite. „Natürlich. Marian, geh schon mal vor und schau nach den Kisten. Ich komme gleich."

Marian nickte und verließ die Werkstatt, ohne zu zögern. Doch Lena spürte, wie sich ihr Magen zusammenzog, als sie den Hinterkopf des Mannes beobachtete, der sie so lange betrogen hatte.

„Was ist los, Lena? Du siehst aus, als hättest du einen Geist gesehen", sagte Heinrich und wischte sich die Hände an einem Tuch ab. „Ich habe schon gemerkt, dass du seit Tagen anders bist."

Lena schluckte schwer. Sie wusste, dass sie vorsichtig sein musste, um ihren Vater nicht zu überfordern, aber auch, dass sie die Wahrheit nicht länger zurückhalten konnte. Sie vergewisserte sich, dass Marian tatsächlich außer Hörweite war, bevor sie anfing. „Papa, ich muss dir etwas Wichtiges sagen. Es geht um Marian."

Heinrich runzelte die Stirn und setzte sich auf einen der Holzbänke. „Marian? Was ist mit ihm?"

„Ich habe ihn letzte Nacht belauscht", begann Lena vorsichtig. „Er hat sich mit einem Fremden getroffen. Sie haben Pläne geschmiedet ... Pläne, die sowohl unsere Familie als auch die Breitners betreffen. Es geht um mehr als nur die Brennereien, Papa. Sie wollen uns beide zerstören. Marian ist tief in eine Verschwörung verwickelt und es wird gefährlich."

Heinrich starrte seine Tochter einen Moment lang ungläubig an. „Was redest du da, Lena? Marian ist seit Jahrzehnten bei uns. Er würde uns niemals ..."

„Ich weiß, wie das klingt", unterbrach sie, ihre Stimme fest. „Aber ich habe es mit eigenen Ohren gehört. Er und dieser Mann planen etwas Großes. Es geht nicht nur um Sabotage, es geht um Land und Macht in der ganzen Region. Sie wollen uns beide – uns und die Breitners – aus dem Weg räumen."

Heinrichs Gesichtsausdruck veränderte sich, als er die Schwere ihrer Worte erkannte. „Du meinst ... Marian arbeitet gegen uns?"

Lena nickte langsam. „Ja, das tut er. Und wir haben keine Zeit zu verlieren. Sie planen einen Angriff auf uns, Papa. Es könnte jederzeit passieren."

Heinrich stand abrupt auf, seine Miene düster. „Das ist verrückt. Aber ... wenn das stimmt, dann müssen wir etwas unternehmen. Sofort."

„Ich habe schon mit David gesprochen", erklärte Lena schnell. „Auch bei den Breitners wissen sie jetzt, was los ist. Wir müssen unsere Familien zusammentun, Papa. Nur so können wir uns schützen."

Heinrich lief auf und ab, sichtlich hin- und hergerissen zwischen dem Schock und der Notwendigkeit zu handeln. „Und was schlagen die Breitners vor? Sie sind nicht gerade dafür bekannt, mit uns zusammenzuarbeiten."

Lena atmete tief durch. „Sie wissen, dass sie keine Wahl haben. Wir sind alle im gleichen Boot. Wenn wir uns nicht zusammentun, sind wir alle erledigt."

Heinrich blieb stehen und für einen Moment schien er in sich zu gehen. Dann nickte er langsam. „Gut. Aber wir müssen vorsichtig sein. Wenn Marian auch nur den Hauch eines Verdachts schöpft, könnte er alles beschleunigen."

„Ich weiß", sagte Lena leise. „Wir müssen einen Plan entwickeln, wie wir ihn überführen können. Wir brauchen Beweise."

Heinrich legte ihr eine Hand auf die Schulter. „Ich werde mit Markus Breitner sprechen. Aber Lena, sei vorsichtig. Marian ist gefährlich, wenn er in die Enge getrieben wird. Vermutlich hat er nichts mehr zu verlieren."

Lena nickte und beobachtete, wie ihr Vater mit schnellen Schritten aus der Werkstatt verschwand. Der Gedanke, dass Marian jahrelang so nah an ihrer Familie gearbeitet hatte und dabei solche finsteren Pläne schmiedete, ließ ihr das Blut in den Adern gefrieren.

In der Zwischenzeit bereitete David den nächsten Schritt auf dem Breitner-Hof vor. Sein Vater Markus hatte sofort nach der Enthüllung Lenas den Ernst der Lage erkannt und eingewilligt, dass sie ihre Kräfte bündeln mussten. Die beiden Väter waren sich nie grün gewesen, doch jetzt standen sie Seite an Seite vor einer gemeinsamen Bedrohung.

„Wir dürfen Marian keine Chance geben", sagte Markus, während er über einen alten Schreibtisch im Büro gebeugt war. „Er muss denken, alles läuft nach Plan, bis wir genug Beweise haben."

David sah zu seinem Vater auf. „Und was ist mit dem Fremden? Der Mann, mit dem er zusammenarbeitet, scheint noch größere Pläne zu haben."

„Er wird nicht leicht zu fassen sein", murmelte Markus. „Aber Marian ist unser Schlüssel. Wenn wir ihn überführen, können wir den Rest aufdecken."

David nickte. „Ich werde mit Lena sprechen. Sie kennt den Hof besser als jeder andere. Zusammen finden wir heraus, wie wir ihn überführen können."

Markus sah seinem Sohn in die Augen und für einen Moment lag zwischen ihnen ein stilles Einverständnis. „Pass auf dich auf, Junge. Es ist bestimmt gefährlicher, als wir vermuten können."

Am späten Nachmittag trafen sich Lena und David wieder an ihrer alten Hütte, diesmal unter anderen Umständen. Die Sonne stand tief am Himmel und ein leichter Wind spielte mit den Blättern der Obstbäume.

„Mein Vater spricht heute Abend mit Markus", begann Lena, als sie sich neben David auf einen alten Holzbalken setzte. „Er ist bereit, zusammenzuarbeiten. Aber wir brauchen einen Plan, um Marian und den Fremden zu überführen."

David nickte. „Wir müssen ihn in eine Falle locken. Wenn wir ihn dazu bringen können, seine Pläne offen auszusprechen, während wir zuhören, haben wir ihn. Aber das wird nicht leicht. Er ist nicht dumm."

„Vielleicht sollten wir den Druck auf ihn erhöhen", schlug Lena vor. „Ihn glauben lassen, dass seine Pläne gefährdet sind. Vielleicht wird er dann unvorsichtig."

David dachte einen Moment nach, dann leuchteten seine Augen plötzlich auf. „Was, wenn wir ihn glauben lassen, dass wir misstrauisch geworden sind? Nicht genug, um ihn sofort zu verraten, aber genug, dass er einen Schritt zu weit geht. Dann haben wir ihn."

Lena sah ihn an und langsam breitete sich ein Lächeln auf ihrem Gesicht aus. „Das könnte funktionieren."

David stand auf, seine Miene entschlossen. „Ich werde heute Nacht in der Nähe vom Friedhof wachen. Wenn er oder der Fremde irgendeinen Schritt macht, werden wir da sein, um sie zu fassen."

Lena nickte und spürte, wie die Angst in ihr langsam einer neuen Entschlossenheit wich. „Dann los. Wir dürfen keine Zeit verlieren."

Die Falle

Die Nacht lag still über Renchen-Ulm und der Mond schien klar auf die weiten Obstwiesen hinab. Lena und David warteten in geduckter Haltung hinter einem dichten Busch in der Nähe der alten Hütte. Der leichte Wind trug den Geruch von feuchter Erde und den letzten Resten der Kirschernte mit sich, doch die Atmosphäre war geladen. Beide wussten, dass dies der entscheidende Moment sein könnte.

„Bist du sicher, dass er heute Nacht hier auftaucht?", flüsterte Lena und warf David einen fragenden Blick zu.

David nickte, die Augen fest auf das alte Holzhaus gerichtet. „Er wird kommen. Das hier ist sein sicherer Ort. Hier fühlt er sich unentdeckt. Und der Andere ist schon seit fünf Minuten dort drin."

Sie hatten alles vorbereitet: Marians Misstrauen war durch einige unauffällige Bemerkungen seitens Heinrichs und der Erntehelfer gezielt geweckt worden. Er sollte denken, dass der Plan gefährdet war, aber noch nicht entdeckt. Die Hoffnung war, dass er in der Panik einen Fehler machte und sich seinem Partner anvertraute – dann würden sie beide zuschlagen.

Plötzlich hörten sie Schritte auf dem Kiesweg. Es war Marian.

Lena spürte, wie ihr Herz schneller schlug. Sie duckte sich tiefer hinter den Busch und hielt den Atem an, während sie den vertrauten Mann beobachtete, der auf die Hütte zuging. Marian bewegte sich mit einem leichten Zögern, als ob er die Dunkelheit nach Feinden absuchte. Er öffnete die schwere Holztür und verschwand im Inneren.

„Jetzt", flüsterte David und griff nach Lenas Hand, um sie sanft mit sich zu ziehen.

Sie schlichen näher heran, während der Wind das leise Knarren der alten Holzdielen in die Nacht trug. Im Inneren der Hütte war ein schwaches Licht zu sehen. Lena erkannte das Flackern einer alten Petroleumlampe, die Marian oft benutzte. Sie lauschten aufmerksam, während sie die Gebäude umrundeten und an einer der Seitenwände in Position gingen, wo das Holz verwittert und dünn war. Leicht konnten sie hindurchsehen und hören, was im Inneren vor sich ging.

„Du bist spät", sagte eine raue Stimme. Der Fremde.

Marians tiefe Stimme antwortete: „Es gibt Gerüchte. Heinrich und seine Leute sind misstrauisch geworden. Ich denke, sie ahnen etwas."

Lena spürte, wie sich ihre Kehle zusammenzog. Marian hatte begonnen, sich ungeschickt zu äußern. Genau das war es, was sie brauchten.

„Und was hast du vor?", fragte der Fremde mit ungeduldigem Unterton. „Wir müssen handeln, bevor uns jemand auf die Schliche kommt. Es ist bald so weit. Die Ernte ist fast abgeschlossen und wir müssen die Brennereien zum Stillstand bringen. Der Vertrag mit dem Händler darf nicht zustande kommen. Für keinen der beiden Höfe."

Marians Antwort klang unsicher, als er leise sprach: „Wir müssen vorsichtig sein. Wenn sie herausfinden, dass ich …"

„Dass du ein Verräter bist?", unterbrach der Fremde ihn scharf. „Jetzt gibt es kein Zurück mehr, Marian. Wenn wir das durchziehen, gehört uns das Land. Wir übernehmen die Kontrolle über die Region und die Breitners und die Fruntners verlieren alles. Aber wenn du jetzt zögerst, wird keiner von uns lebend aus dieser Sache herauskommen."

David und Lena hielten den Atem an. Die Worte des Fremden waren klar und brutal und Marian geriet zunehmend in die Defensive. Lena spürte, wie sich das Netz um Marian enger zog. Er hatte den Moment erreicht, in dem er keinen Ausweg mehr sah.

„Ich werde es tun", sagte Marian schließlich, seine Stimme gebrochen und verzweifelt. „Aber … wie geht es weiter?"

Der Fremde trat einen Schritt näher an Marian heran. Durch die schmalen Ritzen zwischen den Brettern konnte Lena sein Gesicht nicht genau erkennen, aber sie sah die angespannte Körperhaltung des Mannes. „Morgen Nacht sabotieren wir die Destille der Breitners. Der letzte Schritt. Ohne ihre Produktionsfähigkeit haben sie keine Chance, den Vertrag zu unterschreiben. Danach greifen wir den Fruntner-Hof an. Und sobald die Verträge nicht mehr zu retten sind, gehört alles uns."

Lena sah zu David hinüber. Sein Gesicht war angespannt, seine Fäuste geballt. Sie wussten, dass die Zeit knapp wurde. Sie hatten jetzt alles, was sie brauchten – das Geständnis und den genauen Plan des Angriffs. Doch sie mussten schnell handeln, um ihre Familien zu warnen.

David neigte sich dicht zu Lena. „Wir müssen sofort zurück", flüsterte er.

Lena nickte und zog sich langsam zurück. Ihre Bewegungen waren geschmeidig und leise, doch das Gewicht der bevorstehenden Gefahr lag schwer auf ihren Schultern. Gemeinsam schlichen sie sich zurück in den Schatten der Bäume, bis sie außer Sichtweite der Hütte waren. Erst dann atmete Lena tief durch.

„Wir haben keine Zeit zu verlieren", sagte David ernst. „Sie werden morgen Nacht angreifen."

„Wir müssen unsere Familien vorbereiten", stimmte Lena zu. „Mein Vater muss es sofort wissen. Und dein Vater auch."

David nickte entschlossen. „Wir müssen auch die Polizei informieren. Das ist zu groß für uns allein."

Zurück auf dem Fruntner-Hof fand Lena ihren Vater in der Küche. Er sah erschöpft aus – die Last der letzten Tage hatte ihm deutlich zugesetzt und seine Haare wirkten grauer. Als Lena eintrat, erkannte er sofort, dass etwas Ernstes vor sich ging.

„Papa, wir müssen reden", sagte sie, ohne zu zögern.

Heinrich stellte seine Tasse beiseite und richtete sich auf. „Was ist passiert?"

Lena erzählte ihm alles, was sie in der alten Hütte am Friedhof gehört hatten. Heinrichs Gesicht wurde mit jedem Wort ernster. Als sie den Plan des Angriffs erwähnte, sprang er auf. „Diese verdammten Verräter", zischte er, während seine Hände zu Fäusten geballt waren. „Marian wird dafür bezahlen."

„Aber wir müssen vorsichtig sein", erinnerte Lena ihn. „Wenn sie merken, dass wir Bescheid wissen, könnten sie den Plan ändern. Wir brauchen Beweise und wir brauchen Hilfe."

Heinrich nickte und seine Entschlossenheit war unübersehbar. „Du hast recht. Ich werde sofort mit Markus Breitner sprechen. Wir müssen gemeinsam vorgehen, ob uns das gefällt oder nicht."

Später an diesem Abend, während die Sterne über Renchen-Ulm funkelten, trafen sich Heinrich, Markus, David und Lena im Wohnzimmer der Breitners. Das Gespräch war kurz und entschlossen. Die Breitners hatten genauso den Ernst der Lage erkannt, wie die Fruntners: Der Plan Marians und des Fremden bedrohte nicht nur ihre Familien, sondern die gesamte Region.

„Wir werden morgen Nacht bereit sein", sagte Markus Breitner grimmig. „Wir lassen sie kommen und dann schlagen wir zu."

David nickte. „Aber wir müssen es richtig anstellen. Wir brauchen die Polizei im Rücken."

„Das wird kein Problem sein", sagte Heinrich. „Ich habe einen alten Freund bei der Kripo in Offenburg. Er wird uns helfen." Schon griff er zum Handy.

Lena sah zu David hinüber. „Wir müssen sicherstellen, dass niemand entkommt. Wenn sie verschwinden, wird es schwer, sie zu fassen."

54

David nickte. „Und wenn wir das schaffen, wird alles ans Licht kommen."

Die Nacht verging in angespannter Stille, doch niemand schlief wirklich. Lena lag in ihrem Bett und starrte an die Decke. Ihre Gedanken rasten. Es war schwer zu glauben, dass der Kampf um ihre Zukunft bereits morgen entschieden werden könnte. Sie spürte eine Mischung aus Angst und Entschlossenheit, die sie wachhielt.

Morgen Nacht würden sie bereit sein.

Der Angriff

Der Mond hing schwer am Himmel, als nach einem arbeitsreichen Tag die Nacht über Renchen-Ulm hereinbrach. Es war die Stunde der Entscheidung. Die letzten Vorbereitungen waren getroffen und die Familien Fruntner und Breitner hatten sich stillschweigend auf den bevorstehenden Angriff vorbereitet. Lena, David und ihre Väter hatten alles besprochen – die Polizei war informiert, aber sie wollten den Verrätern eine Falle stellen, um alle Beteiligten auf frischer Tat zu ertappen.

„Bist du bereit?", flüsterte David, als sie sich in den Schatten einer großen Eiche in der Nähe der Brennerei versteckten. Die Luft war kühl und die Stille der Nacht war fast greifbar. Der Wind spielte sanft mit den Blättern, doch Lena konnte das rasende Pochen ihres Herzens nicht überhören.

„So bereit, wie ich es sein kann", antwortete Lena und hielt den Atem an, als sie Schritte in der Ferne hörte.

Der Plan war einfach, aber riskant. Sie würden sich im Schatten verstecken und warten, bis Marian und sein Komplize zuschlugen. Die Polizei war in der Nähe postiert und würde eingreifen, sobald die Saboteure sich an der Brennerei zu schaffen machten. Doch die Ungewissheit, ob alles wie geplant verlaufen würde, nagte an Lena. Was, wenn etwas schiefging? Was, wenn der Fremde ihre Falle durchschauen würde?

„Da kommen sie", flüsterte David und deutete auf zwei dunkle Silhouetten, die sich langsam der Brennerei näherten. Marian ging voraus, gefolgt von dem Fremden, dessen Gesicht im schwachen Mondlicht kaum zu erkennen war. Sie bewegten sich vorsichtig, offenbar darauf bedacht, kein Geräusch zu machen.

Lena beobachtete angespannt, wie die beiden Männer die Tür zur Brennerei erreichten. Marian zog einen Schlüssel hervor und öffnete sie leise. Sie hatten es geschafft, bis zur Scheune zu kommen, ohne entdeckt zu werden. Lena war sich sicher, dass sie glaubten, ihre Pläne seien noch geheim. Sie drückte Davids Hand, um ihm zu signalisieren, dass es bald so weit war.

„Warte noch", flüsterte David, als Lena sich bereits angespannt nach vorne beugte. „Wir müssen sie auf frischer Tat ertappen."

Die beiden Männer betraten die Brennerei und verschwanden für einen Moment aus dem Sichtfeld. Lena biss sich auf die Lippe, um ihre Nervosität zu unterdrücken. Sekunden vergingen wie Stunden, bevor sie das leise Geräusch von metallischem Klirren hörte – der Fremde und Marian begannen, die Ventile und Rohre der Brennkessel zu manipulieren, genauso wie es bei der Sabotage zuvor geschehen war.

„Jetzt", flüsterte David, und gemeinsam schlichen sie sich näher zur Tür der Brennerei. Lena konnte sehen, wie sich ihre Väter ebenfalls aus ihren Verstecken lösten und sich von der hinteren Seite dem Gebäude näherten.

Im Inneren der Brennerei hörte sie gedämpfte Stimmen.

„Beeil dich", zischte der Fremde. „Wir müssen fertig sein, bevor uns jemand hört."

„Das dauert länger, als ich dachte", antwortete Marian nervös. „Die Ventile sind fester als letztes Mal."

Lena hielt den Atem an. Noch ein paar Sekunden – sie mussten den richtigen Moment abpassen. Dann hörte sie das dumpfe Geräusch eines Werkzeugs, das auf den Boden fiel.

„Was war das?", fragte der Fremde misstrauisch.

In diesem Augenblick stürmten Lena, David, Heinrich und Markus in die Brennerei. „Hände hoch!", brüllte Heinrich, während Markus sofort die Tür hinter ihnen zuschlug, um den Ausgang zu blockieren.

Der Fremde wirbelte herum, seine Augen weit vor Schock. Marian erstarrte, das Werkzeug noch in der Hand, unfähig, sich zu rühren. „Was zur Hölle …", begann der Fremde, doch bevor er etwas sagen konnte, waren Heinrich und Markus bei ihm, ihre kräftigen Hände packten ihn grob und rissen ihn zu Boden.

Lena stand einen Moment lang wie erstarrt, ihre Augen auf Marian gerichtet. Der Mann, der jahrelang auf dem Fruntner-Hof gearbeitet hatte, der Vertraute ihres Vaters, der Mann, der sie als kleines Kind auf der Schaukel angeschubst und auf den Schultern getragen hatte, dem sie immer vertraut hatte, sah jetzt aus wie ein Schatten seiner selbst. Sein Gesicht war blass und seine Augen weiteten sich vor Panik.

„Marian, warum?", fragte Lena leise, ihre Stimme bebend vor Enttäuschung und Zorn.

Marian zögerte, als ob er die Antwort in sich selbst suchte, doch bevor er etwas sagen konnte, ertönte das Heulen von Polizeisirenen in der Ferne. Die Polizei war auf dem Weg – sie hatten nicht lange Zeit.

„Lena", begann Marian, doch Heinrich trat vor, seine Augen voller Wut. „Du hast meine Familie verraten", sagte er mit kalter, schwerer Stimme. „Und dafür wirst du bezahlen."

Bevor Marian noch etwas sagen konnte, öffnete sich die Tür der Brennerei, und mehrere Polizisten stürmten herein, angeführt von Heinrichs altem Freund von der Kripo. „Alles unter Kontrolle?", fragte der Beamte, als er die Szene überblickte. Seine Männer bewegten sich schnell, um den Fremden und Marian zu fesseln.

„Ja, wir haben sie auf frischer Tat ertappt", antwortete Heinrich, während er sich zurücklehnte und tief durchatmete. Der Zorn war noch immer in seinen Augen, doch es mischte sich nun mit einer Art Erleichterung.

David stand neben Lena und sah zu, wie die Polizisten den Fremden und Marian abführten. „Es ist vorbei", flüsterte er, doch Lena hatte das Gefühl, dass dies nur der Anfang war.

„Es ist noch nicht vorbei", murmelte sie. „Sie haben das für jemanden getan. Irgendjemand steckt noch dahinter."

David nickte langsam. „Ich weiß. Aber zumindest sind wir einen Schritt weiter."

Die nächsten Tage waren hektisch und angespannt. Die Nachricht von der Festnahme von Marian und dem Fremden hatte sich wie ein Lauffeuer in Renchen-Ulm verbreitet. Zwar war die Ernte abgeschlossen und die Fehde zwischen den Fruntners und den Breitners hatte eine Veränderung erfahren.

„Wir müssen herausfinden, wer wirklich hinter all dem steckt", sagte Heinrich eines Abends, als sie im Gasthaus Stigler zusammensaßen. „Marian ist nur eine Schachfigur in einem größeren Spiel."

Lena warf einen Blick auf David, der ebenfalls tief in Gedanken versunken war. „Der Fremde hat gesagt, dass es um viel mehr geht als nur unsere Brennereien. Jemand will die Kontrolle über die gesamte Region übernehmen."

„Aber wer?", fragte Markus grimmig. „Es gibt nur wenige, die so viel Einfluss hätten."

Heinrich lehnte sich zurück und schüttelte den Kopf. „Es könnte jeder sein, der Interesse an den Geschäften der Region hat. Ein Konkurrent, ein Investor, jemand, der den Markt dominieren will."

Lena spürte, wie sich eine Kälte in ihrer Brust ausbreitete. Sie wusste, dass sie noch nicht am Ende waren. Der wahre Drahtzieher war noch immer im Schatten verborgen und bis sie ihn entdeckten, war ihre Sicherheit nicht gewährleistet.

„Wir dürfen uns jetzt nicht zurücklehnen", sagte David entschlossen. „Wir müssen weiter nachforschen. Wir dürfen niemandem trauen."

Lena nickte. „Und diesmal werden wir vorbereitet sein. Egal, wer es ist – wir werden nicht zulassen, dass sie uns zerstören."

60

Die nächsten Wochen vergingen und während die Vorbereitungen für den Händlerbesuch in vollem Gange waren, arbeiteten Lena und David weiterhin heimlich daran, den wahren Drahtzieher zu entlarven. Sie durchforsteten alte Verträge, sprachen mit Arbeitern, die möglicherweise Hinweise hatten, und versuchten, Muster in den Geschäften ihrer Familien zu erkennen. Doch die Spur blieb vorerst kalt.

David und Lena saßen zusammen auf der Veranda des Fruntner-Hofs, als Davids Handy plötzlich klingelte. Er nahm es ab, seine Stirn legte sich in tiefe Falten, während er der Person am anderen Ende zuhörte. Als er auflegte, war sein Gesicht bleich.

„Was ist passiert?", fragte Lena sofort.

David sah sie an, seine Augen weit vor Schock. „Marian ist tot. Im Gefängnis. Es sieht nach Selbstmord aus."

Lena fühlte, wie ihr der Boden unter den Füßen weggezogen wurde. „Selbstmord?"

David nickte langsam. „Aber es gibt Gerüchte. Viele glauben, dass er zum Schweigen gebracht wurde. Jemand wollte verhindern, dass er redet."

Lena stand auf, Tränen rollten über ihre Wangen und ihre Gedanken rasten. „Das bedeutet, wir sind nah dran. Wir sind jemandem zu nahe gekommen."

David erhob sich ebenfalls. „Wir müssen vorsichtig sein, Lena. Wenn sie Marian losgeworden sind, könnte der nächste Schritt sein, uns loszuwerden."

Lena nickte entschlossen, ihre Augen funkelten vor Entschlossenheit. „Dann lassen wir sie kommen. Diesmal werden wir bereit sein."

Die Nacht brach über Renchen-Ulm herein, doch diesmal schlief niemand ruhig. Lena und David wussten, dass der wahre Kampf gerade erst begonnen hatte.

Ein Netz aus Lügen

Die Nachricht von Marians Tod erschütterte nicht nur Lena und David, sondern auch ihre Väter. Das ganze Dorf sprach darüber, doch die meisten glaubten der offiziellen Version: Selbstmord. Nur die Fruntners und Breitners wussten, dass mehr dahinterstecken musste. Der wahre Drahtzieher hatte sich entschlossen, den Mund eines Mitwissers für immer zu verschließen.

„Wir sind näher dran, als sie uns glauben lassen wollen", sagte David in einem leisen, bitteren Tonfall, als sie an einem verregneten Nachmittag auf der Veranda des Fruntner-Hofs saßen. „Marian wusste etwas – etwas, das gefährlich genug war, um ihn zum Schweigen zu bringen."

Lena starrte auf den trüben Himmel und hörte dem rhythmischen Trommeln des Regens auf dem Dach zu. Ihr Kopf schwirrte von Gedanken, ihre Nerven lagen blank. Seit Marians Tod hatten sie keinen weiteren Hinweis erhalten, keine Spur, der sie hätten folgen können. Doch tief in ihr wusste sie, dass der Feind noch immer da draußen war – ein unsichtbarer Schatten, der seine Macht aus dem Verborgenen heraus entfaltete.

„Wir müssen etwas finden", sagte sie schließlich. „Einen Beweis. Etwas, das zeigt, wer dahintersteckt. Ich werde nicht ruhen, bis wir diesen Drahtzieher gefunden haben."

David legte seine Hand auf ihre und drückte sie sanft. „Wir werden ihn finden. Aber wir müssen vorsichtig sein. Ich habe das Gefühl, dass wir beobachtet werden."

Diese Worte jagten Lena einen kalten Schauer über den Rücken. Die Vorstellung, dass jemand jede ihrer Bewegungen verfolgte, machte sie noch entschlossener, die Wahrheit ans Licht zu bringen. Doch wie konnten sie vorgehen, ohne selbst in Gefahr zu geraten?

Am Abend dieses verregneten Tages saßen Heinrich, Lena, Markus und David um den alten Eichentisch im Wohnzimmer des Fruntner-Hofs. Der Raum war in schummriges Licht getaucht und eine unangenehme Stille hing in der Luft.

„Wir haben nicht mehr viel Zeit", begann Heinrich und fuhr sich mit der Hand durch sein graues Haar. „Der Händler wird in wenigen Tagen eintreffen. Wenn wir bis dahin nicht wissen, wer hinter all dem steckt, riskieren wir, dass es wieder zu Sabotage oder Schlimmerem kommt."

Markus nickte grimmig. „Dieser Feind ist gefährlich. Wir wissen nicht, was er als Nächstes plant, aber ich bin sicher, dass er noch nicht fertig ist."

„Ich habe das Gefühl, dass wir in einem Netz aus Lügen stecken", fügte David hinzu. „Jemand hat Marian auf uns angesetzt, aber Marian war nicht der Kopf dieser Operation. Er war nur ein Werkzeug."

Lena nickte, ihre Augen funkelten vor Entschlossenheit. „Wir müssen tiefer graben. Wir dürfen keine Angst haben, uns die Hände schmutzig zu machen."

Heinrich seufzte schwer und lehnte sich in seinem Stuhl zurück. „Ich bin nicht mehr der Jüngste, aber ich werde tun, was nötig ist, um unsere Familie zu schützen."

„Es ist nicht nur unsere Familie", erinnerte ihn Markus. „Wenn wir diesen Drahtzieher nicht finden, könnte er die ganze Region in den Ruin treiben. Es geht um mehr als nur unsere beiden Höfe."

„Aber wo sollen wir anfangen?", fragte Heinrich. „Wir haben nichts – keine Anhaltspunkte, keine Beweise."

Lena dachte einen Moment lang nach, dann hob sie den Kopf. „Wir haben vielleicht mehr, als wir denken." Alle Augen richteten sich auf sie, während sie fortfuhr: „Marian hat mit dem Fremden gesprochen, bevor wir ihn erwischt haben. Vielleicht gibt es irgendwo in den Unterlagen oder Aufzeichnungen des Fruntner-Hofs Hinweise. Er hat jahrelang für uns gearbeitet. Er muss Fehler gemacht haben, irgendetwas, das zeigt, was er wirklich geplant hat."

Heinrich zögerte, doch dann nickte er. „Vielleicht hast du recht. Wir sollten die alten Unterlagen durchsehen."

In den nächsten Tagen wühlten Lena und David sich durch Berge von Dokumenten, die sich über die Jahre auf dem Fruntner-Hof angesammelt hatten. Sie durchsuchten alte Verträge, Abrechnungen, und die Notizen, die Marian hinterlassen hatte. Es war eine mühsame, zermürbende Arbeit, die oft ohne Ergebnis blieb. Doch sie gaben nicht auf. Jeder Hinweis, jede Unstimmigkeit konnte den Durchbruch bedeuten.

„Hier, sieh dir das an", sagte David eines Nachmittags, als er auf ein altes Dokument stieß. Es war eine unscheinbare Abrechnung, die scheinbar keine große Bedeutung hatte. Doch beim genaueren Hinsehen bemerkten sie eine Ungereimtheit.

„Das stimmt nicht", murmelte Lena und strich mit ihrem Finger über die Zahlen. „Die Menge an Brennkirschen, die hier angegeben ist, passt nicht zu dem, was wir geerntet haben. Es sind viel weniger, als wir tatsächlich hatten."

David runzelte die Stirn. „Das bedeutet, jemand hat Kirschen gekauft oder geschmuggelt, ohne dass es offiziell vermerkt wurde. Aber warum? Und wo sind diese Kirschen geblieben?"

„Vielleicht ist das der Schlüssel", sagte Lena aufgeregt. „Vielleicht wollte jemand mehr Kirschen in die Hände bekommen, um seinen eigenen Brand zu produzieren und uns auszubooten. Wenn sie den Markt übernehmen wollen, brauchen sie die Kontrolle über die besten Rohstoffe."

David nickte langsam. „Und Marian hat möglicherweise geholfen, diese Kirschen zu beschaffen – oder sie verschwinden zu lassen."

„Wir müssen herausfinden, wohin die Kirschen gegangen sind", sagte Lena entschlossen. „Wenn wir das herausfinden, kommen wir vielleicht dem Drahtzieher auf die Spur."

Es dauerte mehrere weitere Tage, bis sie die entscheidende Spur entdeckten. Eine Liste von Lieferungen, die in einem kleinen, abgelegenen Lagerhaus außerhalb des Dorfes angekommen waren. Dieses Lagerhaus hatte keinen offensichtlichen Besitzer, aber es war der letzte Ort, an dem große Mengen an Brennkirschen gelagert wurden – Kirschen, die nie ihren Weg in die offiziellen Bilanzen der Fruntner- oder Breitner-Höfe gefunden hatten.

„Das ist es", sagte Lena, während sie das Dokument triumphierend hochhielt. „Das Lagerhaus ist der Schlüssel. Wenn wir dort Nachforschungen anstellen, finden wir vielleicht die Verbindung, die uns zu dem Drahtzieher führt."

David sah ihr fest in die Augen. „Wir müssen vorsichtig sein, Lena. Wenn das wirklich der Ort ist, wo der Drahtzieher arbeitet, könnte es gefährlich werden."

Lena schluckte schwer, aber ihre Entschlossenheit wankte nicht. „Ich weiß. Aber wir müssen es tun. Das ist unsere einzige Chance, die Wahrheit ans Licht zu bringen."

Zwei Nächte später standen Lena, David, Heinrich und Markus vor dem alten, verlassenen Lagerhaus. Es lag etwas außerhalb. Die Vier hatten zur Sicherheit das Auto, in dem sie gemeinsam gefahren waren, am Wohnmobilstellplatz geparkt und schlichen im Schutz der Dunkelheit die Ullenburg Straße dorfauswärts. Nachdem sie rechts, Richtung Dorfbach, abgebogen waren, tasteten sie sich ohne Taschenlampen querfeldein voran bis zum Ziel.

Die Nacht hüllte das alte Lagerhaus in einen düsteren Schleier. Der Mond schien nur schwach durch die Wolken und die Nachtluft war kühl und feucht. Es war ein trostloser Ort und Lena spürte ein mulmiges Gefühl, als sie die heruntergekommenen Mauern des Gebäudes betrachtete.

„Seid ihr bereit?", fragte Heinrich, während er einen prüfenden Blick auf das Gebäude warf.

Lena nickte stumm, ebenso wie David und Markus. Sie wussten, dass dies der Moment sein konnte, auf den sie gewartet hatten. Der Moment, in dem sie dem Drahtzieher endlich gegenüberstehen würden.

„Dann los", sagte Heinrich leise, und gemeinsam machten sie sich auf den Weg zum Eingang des Lagerhauses.

Im Schatten des Lagerhauses

Lena und David schlichen dicht hinter Heinrich und Markus her, während sie sich vorsichtig dem Eingang näherten. Der Mond wurde von Wolken verdeckt und die Stille der Nacht war erdrückend. Kein Laut war zu hören, außer dem leisen Knirschen des Kieses unter ihren Füßen.

Das Gebäude wirkte verlassen, doch Lena spürte eine unbestimmte Spannung in der Luft – als ob jemand oder etwas sie beobachtete. Sie warf David einen schnellen Blick zu. Sein Gesicht war angespannt, seine Augen wachsam. Auch er spürte es.

„Was, wenn wir nicht allein sind?", flüsterte Lena, als sie den Eingang erreichten.

„Wir sind definitiv nicht allein", antwortete David in gedämpftem Ton. „Wir müssen vorsichtig sein."

Heinrich trat an die große Holztür und legte eine Hand darauf. Für einen Moment schien er zu zögern, als ob er die Tragweite dessen, was hinter dieser Tür liegen könnte, erfasste. Dann nickte er, drückte die Klinke herunter, und mit einem leisen Quietschen öffnete sich die Tür. Ein süßlicher Geruch schlug ihnen entgegen – der Geruch von feuchtem Holz und altem Obst.

Langsam traten sie ein. Das Innere des Lagerhauses war kaum erhellt, nur ein schwacher Mondstrahl, der durch die schmutzigen Fenster fiel, tauchte den Raum in ein fahles

Licht. Regale reihten sich an den Wänden und überall standen Kisten – zu viele Kisten. Einige davon waren offen und Lena konnte die dunkelroten, fast schwarzen Brennkirschen erkennen, die sich darin befanden.

„Das sind ...", flüsterte Lena und deutete auf die Kisten. „Das sind Stapelkisten von uns." Sie zeigte auf die aufgesprühte Beschriftung, „Fruntner-Hof ... und da Breitner! Das ist unsere Ernte!"

David trat an eine der Kisten und nahm eine Handvoll der Früchte in die Hand. „Das hier ist keine gewöhnliche Ernte", murmelte er. „Das ist der Vorrat, mit dem jemand den Markt kontrollieren will."

Plötzlich durchbrach ein leises Rascheln die Stille. Lena zuckte zusammen und fuhr herum. In einer Ecke des Lagerhauses, halb verborgen im Schatten, erkannte sie eine Bewegung. Jemand war hier. Ihr Herz begann schneller zu schlagen.

„Da ist jemand", flüsterte sie und deutete in die Richtung, aus der das Geräusch gekommen war.

Heinrich und Markus erstarrten und zogen sich näher zusammen. Die Luft war voller Spannung, als sie angestrengt in die Dunkelheit starrten. Einen Moment lang war nichts zu hören. Doch dann, mit einem plötzlichen Geräusch, sprang eine Gestalt aus dem Schatten hervor und rannte in Richtung der Hintertür.

„Hey!", rief David und sprintete hinterher. Lena zögerte keine Sekunde und folgte ihm. Die Jagd hatte begonnen.

Die Gestalt, die vor ihnen floh, war schnell, aber David und Lena blieben dicht auf den Fersen. Sie hetzten durch das Lagerhaus, wichen Kisten und Hindernissen aus, bis sie die Hintertür erreichten. Der Unbekannte stieß die Tür auf und verschwand in die Nacht, doch Lena und David ließen sich nicht abschütteln.

„Wir dürfen ihn nicht entkommen lassen!", rief Lena außer Atem, während sie die Dunkelheit durchbrachen.

Draußen lag das Gelände des Lagerhauses vor ihnen, eine verwilderte Fläche, die von hohen Sträuchern und Bäumen gesäumt war. Die Gestalt raste durch die Büsche und versuchte, im dichten Unterholz zu verschwinden. Doch David und Lena waren schnell. Mit einem letzten Sprint erreichte David den Fremden und warf sich ihm entgegen. Beide stürzten zu Boden, keuchend und kämpfend.

Lena kam wenige Augenblicke später an. „David, alles okay?"

„Ja", keuchte er und versuchte, den Fremden festzuhalten, der wild um sich schlug. „Hilf mir!"

Gemeinsam schafften sie es, den Fremden auf den Boden zu zwingen. Lena sah ihm ins Gesicht – es war ein Mann, Mitte vierzig, mit verwildertem Bart und rabenschwarzen Augen. Doch als er ihren Blick erwiderte, war es nicht Angst, die sie in seinen Augen sah. Es war Wut.

„Lasst mich los!", fauchte er und versuchte, sich loszureißen. „Ihr wisst nicht, mit wem ihr euch anlegt!"

David drückte ihn fester zu Boden. „Wer bist du? Und wer hat dir befohlen, die Brennereien zu sabotieren?"

Der Mann lachte bitter. „Ihr habt keine Ahnung, was hier wirklich passiert. Ihr seid nur kleine Fische in einem großen Teich. Wenn ihr glaubt, dass es nur um eure Kirschen geht, dann irrt ihr euch gewaltig."

Lena spürte, wie sich die Wut in ihr aufstaute. „Dann erklär es uns!", rief sie und packte den Mann am Kragen. „Wer steckt hinter all dem?"

Der Mann lachte wieder, doch sein Lachen klang nun gequält. „Es spielt keine Rolle mehr. Ihr werdet die Wahrheit nie erfahren. Und wenn ihr euch einmischt, werdet ihr dasselbe Schicksal erleiden wie Marian."

Lena erstarrte. Das war die Bestätigung, die sie gefürchtet hatten. Dieser Mann hatte mit Marians Tod zu tun – und wahrscheinlich war er derjenige, der dafür gesorgt hatte, dass Marian für immer schwieg. Doch bevor sie ihn weiter befragen konnten, hörten sie plötzlich das Kreischen von Reifen. Ein schwarzer Van raste auf sie zu, die Scheinwerfer blendeten sie, und noch bevor sie reagieren konnten, sprang jemand aus dem Wagen und riss den Mann von David weg.

„Weg hier!", brüllte der Fahrer und stieß den Fremden in den Van. David versuchte, hinterher zu springen, doch der Van beschleunigte so schnell, dass sie nur noch eine Staubwolke sahen.

Lena stand keuchend da, ihr Herz hämmerte. „Wer war das? Hast du das Kennzeichen gesehen?"

David schüttelte den Kopf, seine Augen funkelten vor Frustration. „Keine Ahnung. Aber sie wollten uns keinen weiteren Hinweis lassen."

Zurück im Lagerhaus fanden sie Heinrich und Markus, die die Kisten untersucht hatten. „Wir haben etwas gefunden", sagte Heinrich mit ernster Stimme und hob einen Stapel Papiere hoch. „Das hier sind Lieferaufträge – aber nicht für uns. Diese Kirschen sind für eine Destillerie bestimmt, die niemand von uns kennt."

Markus blätterte durch die Dokumente. „Die Adresse ist in einer anderen Region. Es sieht aus, als würde jemand eine neue Konkurrenz aufbauen. Wenn sie genügend Vorräte kontrollieren, könnten sie den Markt übernehmen."

„Das passt zu dem, was der Mann gesagt hat", fügte David hinzu. „Wir sind nur kleine Fische. Das hier ist größer als wir dachten."

Lena nickte langsam, ihre Gedanken rasten. „Wir müssen herausfinden, wer diese Destillerie betreibt. Wenn wir das wissen, kommen wir dem Drahtzieher vielleicht endlich auf die Spur."

Die kommende Woche war geprägt von hektischer Recherche. Lena und David suchten nach Informationen über die mysteriöse Destillerie, von der in den Papieren die Rede war. Doch die Spur war dünn. Es gab nur wenige Hinweise und jedes Puzzleteil, das sie fanden, schien sie nur tiefer in ein Netz aus Verwirrungen zu führen.

Doch dann, eines Abends, fanden sie endlich die Antwort. Lena hatte die Adresse der Destillerie überprüft und entdeckt, dass sie zu einem großen Konzern gehörte – einem Konzern, der in den letzten Jahren still und heimlich Anteile an verschiedenen Brennereien in der Region gekauft hatte.

„Das ist es", flüsterte Lena, als sie die Informationen durchsah. „Dieser Konzern will die Macht, den gesamten Markt zu kontrollieren. Sie haben nicht nur die Kirschen im Visier – sie wollen die gesamte Produktion dominieren."

David sah sie mit weit aufgerissenen Augen an. „Das ist ihr Plan. Sie nutzen Sabotage, Druck und Erpressung, um uns auszubooten. Wenn sie uns ausschalten, haben sie freie Bahn."

Lena nickte, während ihr Herz schneller schlug. „Wir müssen das öffentlich machen. Die Leute müssen wissen, was hier vor sich geht."

Doch bevor sie weiterreden konnte, hörten sie plötzlich ein Geräusch – das leise Knarren einer Tür. Sie wirbelten herum und sahen jemanden in der Dunkelheit stehen.

Eine Gestalt trat aus den Schatten – es war niemand Geringeres als Heinrich.

„Vater?", flüsterte Lena ungläubig.

Eine überraschende Enthüllung

Heinrich stand im Türrahmen, das schwache Licht der Lampe warf lange Schatten auf sein Gesicht. Sein Ausdruck war undurchdringlich, seine Augen funkelten in einer Weise, die Lena nie zuvor bei ihm gesehen hatte. Er trat langsam vor, seine Schritte leise, aber voller Bestimmtheit.

Lena und David sahen ihn verwirrt an, während eine unangenehme Stille den Raum erfüllte. „Vater?" Lenas Stimme zitterte leicht, als sie sprach.

Heinrich sah kurz zu David, dann wieder zu Lena. „Ich weiß mehr über diese Sabotage, als ihr euch vorstellen könnt", sagte er ruhig. Seine Stimme hatte einen harten Ton, der ihr einen Schauer über den Rücken jagte.

„Was meinst du damit?", fragte David misstrauisch. Er trat einen Schritt vor und musterte Heinrich scharf.

Heinrich ließ seinen Blick durch den Raum schweifen, als würde er nach den richtigen Worten suchen. „Ich habe lange versucht, euch da rauszuhalten. Ich wollte nicht, dass ihr in diese Angelegenheit hineingezogen werdet." Er seufzte tief. „Aber es scheint, als hätte ich die Kontrolle verloren."

Lena spürte, wie ihre Nerven sich anspannten. „Wovon sprichst du? Hast du gewusst, dass all das passieren würde?"

Heinrich nickte langsam. „Ich habe es vermutet. Dieser Konzern, von dem ihr gesprochen habt – sie sind nicht nur irgendein Spieler in dieser Region. Sie haben Verbindungen, die weit über die Kirschen und die Brennereien hinausgehen. Und sie sind bereit, alles zu tun, um die Macht zu übernehmen."

Lena warf David einen schnellen Blick zu. „Warum hast du uns nichts gesagt? Warum hast du nichts unternommen, um sie aufzuhalten?"

Heinrichs Gesicht verhärtete sich. „Weil ich es nicht allein schaffen kann. Diese Leute sind gefährlich. Sie haben nicht nur Marian auf dem Gewissen – sie sind bereit, viel weiter zu gehen, um ihren Willen durchzusetzen. Ich habe versucht, sie zu stoppen, aber … ich hatte Angst, dass ihr zu tief hineingezogen werdet."

Lena starrte ihren Vater an, unfähig, die Worte sofort zu verarbeiten. „Du wusstest, dass Marian umgebracht wurde?"

Heinrichs Gesichtsausdruck verdüsterte sich. „Ja, und ich vermute, dass ich als Nächster auf ihrer Liste stehe. Ich habe Beweise gefunden – Beweise, die sie in Schwierigkeiten bringen könnten. Aber ich war mir nicht sicher, wem ich trauen kann."

David war sichtlich wütend. „Und deswegen hast du uns im Dunkeln gelassen? Deswegen hast du uns nichts gesagt, als unsere Familien in Gefahr waren?"

Heinrich sah ihm fest in die Augen. „Ich habe versucht, euch zu schützen, David. Dich und Lena. Ihr hättet euch nicht mit diesen Leuten anlegen sollen."

„Aber das haben wir!", rief Lena aufgebracht. „Und jetzt sind wir mittendrin, ob du es willst oder nicht. Du kannst uns nicht länger raus halten."

Heinrich seufzte und sah sie mit einer Mischung aus Sorge und Resignation an. „Ich weiß. Und deshalb müssen wir jetzt einen Plan haben, um das Ganze zu beenden."

„Was für einen Plan?", fragte David scharf.

Heinrich trat an den Tisch heran und zog aus seiner Tasche einen Stapel Dokumente. „Das hier sind die Beweise, die ich gesammelt habe. Sie zeigen, dass der Konzern nicht nur versucht, unsere Brennereien zu sabotieren – sie stecken auch hinter einer Reihe von geheimen Absprachen und Korruption in der Region. Wenn wir diese Informationen an die Öffentlichkeit bringen, könnte das ihre Machenschaften beenden."

Lena nahm die Papiere und blätterte sie hastig durch. Es waren Aufzeichnungen von Zahlungen, unterschriebene Verträge und geheime Abmachungen, die auf die Verbindung des Konzerns zu illegalen Aktivitäten hinwiesen. „Das ist unglaublich", murmelte sie.

„Ja", sagte Heinrich düster. „Aber es reicht nicht aus, sie nur an die Behörden zu geben. Der Konzern hat Verbindungen, die tief in die Politik reichen. Wir müssen vorsichtig vorgehen."

„Und was schlägst du vor?", fragte David, seine Augen immer noch voller Skepsis.

Heinrichs Blick wurde entschlossener. „Wir müssen diese Informationen einem Journalisten geben. Jemandem, der nicht bestechlich ist und der in der Lage ist, die Wahrheit zu verbreiten, bevor sie es vertuschen können."

Lena spürte, wie ihr Herz schneller schlug. „Und wie finden wir jemanden, der das tun kann?"

Heinrich zog einen Umschlag aus seiner Jackentasche und hielt ihn ihr hin. „Ich habe bereits jemanden gefunden. Ein investigativer Journalist, dem ich vertraue. Er weiß, dass etwas Großes im Gange ist, aber er hat noch nicht alle Puzzleteile. Mit diesen Dokumenten wird er alles haben, was er braucht."

David sah Lena an, dann wieder zu Heinrich. „Und was, wenn sie davon erfahren? Was, wenn sie wissen, dass wir diese Informationen weitergeben?"

Heinrichs Gesichtsausdruck war ernst. „Das Risiko besteht. Aber wir können nicht länger warten. Wenn wir nichts tun, wird der Konzern weiter machen und uns alle zerstören. Und anschließend weitere Höfe in der Gegend."

Lena hielt den Umschlag fest in ihren Händen. „Wann soll das passieren?"

„Noch heute Abend", antwortete Heinrich. „Wir treffen den Journalisten im Braustüb'l. Es ist zentral, immer voll mit Touristen und Einheimischen – ein perfekter Ort, um in der Menge unterzutauchen. Dort können wir ihm die Beweise übergeben und er wird sofort mit der Veröffentlichung beginnen."

David sah zu Lena und nickte langsam. „Es gibt keinen anderen Weg. Wenn wir das hier nicht durchziehen, gewinnen sie."

Der Abend war angebrochen und das Braustüb'l war, wie erwartet, gut gefüllt. Die Tische waren besetzt von fröhlichen Touristen und Einheimischen, die die Atmosphäre und das berühmte Ulmer Bier genossen. Zwischen den Gesprächen und dem Lachen versuchten Lena, David und Heinrich, unauffällig zu bleiben, während sie auf den Journalisten warteten. Der Umschlag mit den Beweisen war sicher in Heinrichs Mantel versteckt.

„Da ist er", flüsterte Heinrich plötzlich, als ein Mann mittleren Alters das Lokal betrat. Er trug eine braune Jacke und Jeans, hatte eine Brille auf und einen wachsamen Ausdruck in den Augen. Der Journalist.

Er sah sich kurz um, bevor er zu ihrem Tisch trat und sich setzte. „Ihr habt die Beweise?", fragte er leise, seine Augen prüfend.

Heinrich nickte und zog den Umschlag hervor. „Alles, was Sie brauchen, um den Konzern bloßzustellen. Aber wir müssen vorsichtig sein. Sie haben Verbindungen und wenn sie herausfinden, dass wir Ihnen diese Informationen geben, wird es gefährlich."

Der Journalist nahm den Umschlag entgegen und blätterte die Dokumente durch. Sein Gesicht wurde immer ernster, je mehr er las. „Das ist gewaltig", sagte er schließlich. „Wenn das an die Öffentlichkeit geht, wird es einen riesigen Skandal geben."

Bevor sie weiterreden konnten, fiel Lenas Blick auf zwei Männer, die am Eingang des Braustüb'l standen und suchend in die Menge starrten. Ihr Herze begann schneller zu schlagen – das waren keine normalen Gäste. „Sie sind hier", flüsterte Lena hastig. „Sie haben uns gefunden."

Der Journalist blieb erstaunlich ruhig. „Raus hier. Sofort." Er stand auf und verschwand in der Menge, während Lena, David und Heinrich ihm unauffällig zu folgen versuchten. Sie drängten sich durch die Menschenmenge bis zum Tresen und verließen das Gasthaus durch den Hinterausgang, ohne die Verfolger auf sich aufmerksam zu machen.

Doch die Gefahr war noch nicht vorbei. Kaum waren sie auf der Straße, hörten sie das Heulen von Motoren – zwei schwarze SUVs fuhren in ihre Richtung.

„Sie haben uns gesehen", rief David. „Wir müssen los!"

„Hier entlang!" Heinrich deutete in Richtung des Geländes der traditionsreichen Ulmer Familienbrauerei. Es lag nur wenige Schritte entfernt, ein verschlungenes Netz aus alten Backsteingebäuden, Lagerhallen und schmalen Gassen, perfekt geeignet, um sich zu verstecken.

Sie rannten über die Straßen und gelangten auf das Brauereigelände. Das alte Brauereigebäude, das im Licht der Straßenlaternen einen fast ehrwürdigen Eindruck machte, lag still und verlassen da. Sie wussten, dass es die einzige Chance war, den Verfolgern zu entkommen.

„Schnell, hier rein!", rief Heinrich und führte sie in ein Seitentor. Sie schlüpften hinein, gerade als die SUVs in den Hof einbogen.

„Wir müssen sie irgendwie abhängen", keuchte Lena, als sie durch einen schmalen Gang rannten. „Sie werden nicht aufgeben. Wo ist der Journalist?"

„Der ist schon verschwunden, als wir aus dem Braustüb'l raus sind", flüsterte David.

„Wir werden uns in der alten Lagerhalle verstecken", sagte Heinrich. „Es gibt dort einen Hinterausgang, durch den wir entkommen können." Sie liefen durch die schattigen Gänge, die von den riesigen Braukesseln und Fässern umgeben waren. Das Gelände war weitläufig und die vielen Winkel und Gänge gaben ihnen eine Chance, ihre Verfolger abzuschütteln.

Doch plötzlich hörten sie Schritte hinter sich – die Männer waren ihnen auf den Fersen.

„Schnell!", rief David und führte sie in eine der großen Lagerhallen. Drinnen war es dunkel und der Geruch von Malz und Bier hing in der Luft. Sie huschten zwischen den alten Fässern hindurch, ihre Schritte hallten leise auf dem Betonboden wider.

Die Schritte der Verfolger kamen näher. Lenas Herz raste und sie spürte, wie sich die Angst in ihr breit machte. Doch Heinrich blieb ruhig. „Da hinten", flüsterte er und zeigte auf eine alte Stahltür. „Das ist der Hinterausgang."

Vorsichtig näherten sie sich der Tür, doch in dem Moment, als sie sie erreichten, ertönte plötzlich eine Stimme.

„Bleibt stehen!"

Einer der Verfolger hatte sie entdeckt.

Flucht durch die Gassen

Die Spannung in der Luft war greifbar, als Lena, Heinrich und David in der Dunkelheit des Brauereihofs verharrten. Die Taschenlampen der Verfolger schnitten grelle Lichtkegel durch die Schatten, ihre Schritte hallten durch die stillen Gassen des alten Geländes. Heinrichs Atem war flach, seine Augen waren entschlossen. „Wir müssen hier raus. Sie werden uns nicht so einfach entkommen lassen", flüsterte er knapp.

Lena nickte, spürte das Adrenalin in ihren Adern pochen. Sie musste jetzt ruhig bleiben. Ein falscher Schritt, ein Geräusch, und sie würden gefasst werden. David stand neben ihr, seine Augen wachsam in die Dunkelheit gerichtet. „Da hinten, die Ausfahrt", flüsterte er und deutete auf eine schmale Gasse, die vom Brauereihof zur Frohnhofstraße führte. „Von dort aus können wir Richtung Ullenburg Schule verschwinden."

„Schnell, bevor sie uns sehen", drängte Heinrich, und ohne weiter zu zögern, stürmten sie los.

Sie hasteten durch den Brauereihof, ihre Schritte gedämpft auf dem alten Kopfsteinpflaster. Die Verfolger, die sich immer näher an sie herangearbeitet hatten, schienen nun ihre Spur aufgenommen zu haben. „Da vorne, sie sind da drüben!" hörte Lena eine der Stimmen rufen.

Ihr Herz raste, während sie durch die schmale Ausfahrt in die Frohnhofstraße einbogen. Die kühle Nachtluft war plötzlich belebend, doch die Angst verfolgte sie bei jedem Schritt.

Sie rannten die Straße hinunter, vorbei an der Nudelherstellung Fischinger, wo die Schatten der alten Gebäude sie für einen Moment verbargen.

„Schneller!", keuchte Heinrich, sein Blick scharf auf den Weg vor ihnen gerichtet. Das alte Feuerwehrhaus tauchte vor ihnen auf, sein dunkler Umriss erschien wie ein stummer Zeuge ihrer Flucht. Sie mussten es schaffen, bevor ihre Verfolger aufschlossen. Die Gasse war eng und jeder Winkel war eine mögliche Falle.

David warf einen schnellen Blick über seine Schulter. „Sie kommen näher", keuchte er. „Wir müssen uns irgendwo verstecken oder sie abhängen."

Lena blickte auf die dunkle Silhouette der Ullenburg Schule am Ende der Straße. „Da vorne, die Schule! Wir können uns im Hof verstecken oder durch die umliegenden Wohnhäuser verschwinden."

„Gute Idee", stimmte Heinrich zu. „Wenn wir es bis zur Schule schaffen, sind wir vorerst sicher."

Sie erreichten die Schule, wo die Straßenlaternen nur schwaches Licht spendeten. Die Stille um sie herum verstärkte das Gefühl, dass ihre Verfolger dicht hinter ihnen waren. Sie bogen scharf um eine Ecke, wo der Schulhof sich wie ein Labyrinth aus hohen Hecken und dunklen Ecken erstreckte.

„Hier, verstecken wir uns in den Hecken", flüsterte David und zog Lena und Heinrich hinter die dichten Büsche, die den Schulhof von der Straße trennten. Die Verfolger rannten weiter die Straße entlang, unwissend, dass sie ihre Beute verloren hatten.

Lena legte eine Hand auf ihre Brust und versuchte, ihren rasenden Herzschlag zu beruhigen. „Das war knapp", flüsterte sie. Die kalte Erde unter ihren Knien und der Duft der nassen Hecken schienen die Realität der Flucht noch greifbarer zu machen.

„Wir müssen leise sein", warnte Heinrich, „Sie könnten uns noch hören."

Die Schritte der Verfolger verklangen allmählich in der Ferne und die Dunkelheit hüllte den Schulhof in eine beruhigende Stille. Lena wagte kaum zu atmen, während sie lauschte, ob jemand zurückkehren würde. Eine halbe Stunde verging und es schien, als hätten sie sich vorerst in Sicherheit gebracht.

David lugte vorsichtig über die Hecke und gab ein Nicken. „Es sieht aus, als hätten sie aufgegeben."

Heinrich atmete tief durch, seine Augen weiterhin wachsam. „Wir können hier nicht ewig bleiben. Sie werden die Gegend durchsuchen und wenn wir nicht vorsichtig sind, finden sie uns."

„Was jetzt?", fragte Lena, ihre Stimme leise, aber fest.

Heinrich sah sie an, dann David. „Wir müssen zu dem Journalisten. Er hat die Beweise."

„Aber wie?", fragte David, noch immer schwer atmend. „Sie werden uns auf Schritt und Tritt folgen."

Lena dachte kurz nach und sah zu den umliegenden Wohnhäusern. „Wir können durch die Wohnhäuser auf der Rückseite der Schule verschwinden. Niemand wird uns in diesen kleinen Gassen folgen, sie sind zu verwinkelt."

Heinrich nickte. „Guter Plan. Aber wir müssen vorsichtig sein. Wenn sie uns sehen, sind wir geliefert."

Sie schlichen durch die hinteren Gassen, die die Ullenburg Schule mit den angrenzenden Häusern verbanden. Die alten, engen Straßen boten ihnen Deckung, und das Licht der wenigen Laternen flackerte in der Stille der Nacht.

Als sie schließlich das Ende der Gasse erreichten, spürte Lena eine Welle der Erleichterung. Sie hatten es geschafft, zumindest für den Moment. Doch die Bedrohung war noch lange nicht vorüber. „Wir müssen schnell zu dem Journalisten", sagte Lena entschlossen. „Bevor sie uns wieder aufspüren."

Heinrich legte eine Hand auf ihre Schulter. „Wir müssen in die Säbelstraße. Er wohnt direkt bei der Ullenburghalle."

„Aber da müssen wir doch wieder am Braustüb'l vorbei!", gab Lena zu bedenken.

David nickte. „Wir können auch die Ulmenstraße bis zur Ellengasse und dann einfach rechts über die Felder hoch laufen, dann kommen wir von hinten in die Säbelstraße."

„Eigentlich ist alles mit dem Journalisten besprochen", überlegte Heinrich „wir müssen uns nicht weiter in Gefahr begeben. Lasst uns nach Hause." Die Drei waren sich einig und verließen die dunkle Gasse. „David, du bleibst heute Nacht bei uns", entschied Heinrich und lies keine Widerworte zu.

Zwei Familien, zwei Höfe

Die Sonne war gerade erst über den Horizont geklettert, als Lena und David in der Küche des Fruntner-Hofs saßen. Die Übergabe der Dokumente an den Journalisten im Braustüb'l lag hinter ihnen, doch der wahre Kampf hatte gerade erst begonnen. Ihre Feinde würden nun sicher handeln und der Druck auf die beiden Familien wuchs mit jeder Stunde.

„Wie läuft es bei euch?", fragte Lena leise, während sie auf ihren Kaffee starrte. „Ich meine, die Ernte auf dem Hof deines Vaters."

David seufzte. „Die Kirschen stehen gut, aber es gibt ein Problem. Mein Vater lässt niemanden mehr in die Nähe der Brennerei, seit der Saboteur erwischt wurde. Die Arbeiter sind nervös und er ist stur, will alles allein überwachen. Dadurch sind wir jetzt zeitlich im Rückstand." David rieb sich die Schläfen. „Es ist, als würde er glauben, dass er nur allein alles unter Kontrolle hat."

Lena nickte nachdenklich. „Das macht Sinn. Er will nichts riskieren, aber so gerät er selbst unter Druck."

David sah aus dem Fenster. „Die Kirschen müssen bald verarbeitet werden, sonst verlieren wir alles. Wir haben nicht die Zeit für solche Kämpfe."

Lena stellte ihre Tasse ab. „Vielleicht sollten wir ihm helfen. Wir können das hier nicht allein schaffen und wenn seine

Ernte verloren geht, ist es nicht nur schlecht für eure Familie, sondern auch für uns alle. Der Händlerbesuch steht bald an."

David zuckte mit den Schultern. „Ich weiß, aber er würde nie zugeben, dass er Hilfe braucht."

„Er muss es nicht zugeben", sagte Lena entschlossen. „Wir helfen ihm trotzdem."

Nach einer kurzen Besprechung mit Heinrich, der zustimmte, dass die Familien kooperieren sollten, entschieden Lena und David, dass sie sofort zu Markus Breitner fahren würden. Sie nahmen sich vor, stillschweigend zu helfen, ohne direktes Aufsehen zu erregen.

Der Weg zur Ulmhardstraße, wo der Breitner-Hof lag, war kurz, aber die Spannung wuchs mit jedem Schritt. Als sie ankamen, fanden sie Markus, wie er angespannt in der Brennerei stand, die Arbeiter anwies und die Maschinen überwachte. Die Ernte war fast beendet, aber die Nervosität war überall zu spüren. Die Kirschen stapelten sich in Holzkisten, doch niemand schien sich zu beeilen, sie zur Verarbeitung zu bringen.

„Vater", sagte David vorsichtig, als sie sich näherten. „Wir sind hier, um zu helfen. Die Ernte muss weitergehen und wir haben genügend Hände."

Markus warf einen schnellen, skeptischen Blick auf Lena, bevor er zu David sah. „Ich brauche keine Hilfe. Vor allem nicht von … ihr." Seine Stimme war kalt, doch die Erschöpfung war in seinen Augen deutlich zu sehen.

„Das ist Unsinn", sagte Lena fest. „Wir sitzen alle im selben Boot. Wenn die Ernte auf einem der Höfe scheitert, verlieren wir beide. Der Händler wird nicht warten, bis wir bereit sind. Wir müssen zusammenarbeiten, ob es uns gefällt oder nicht."

Markus' Gesicht blieb hart, aber dann, nach einem Moment des Nachdenkens, ließ er einen langen Seufzer hören. „Meinetwegen", murmelte er schließlich, „aber bleibt mir aus der Brennerei. Die übernehme ich."

David und Lena tauschten einen schnellen Blick und machten sich dann sofort an die Arbeit. Die Erntehelfer begannen, unter ihrer Führung die Kirschen in die bereitstehenden Behälter zu schaufeln. Lena achtete darauf, dass die Früchte sauber sortiert wurden und keine beschädigten Kirschen mit in die Gärfässer gelangten. Es war eine harte, schweißtreibende Arbeit, doch die Ernte musste so schnell wie möglich abgeschlossen werden, um Verluste zu vermeiden.

Während sie arbeiteten, beobachtete Lena die Brennerei aus dem Augenwinkel. Sie konnte sehen, wie Markus mit finsterer Miene die Maschinen überwachte, doch er wirkte überfordert. „Er kann nicht alles alleine schaffen", dachte sie.

„Wir sollten ihm später noch helfen, ob er will oder nicht", sagte Lena zu David, während sie die schweren Kisten mit Kirschen verluden. „Er wird irgendwann aufgeben müssen."

David nickte stumm. Sie arbeiteten weiter, Seite an Seite, während die heiße Sommerluft schwer auf ihnen lastete. Die Kirschen der Breitners mussten nun zügig verarbeitet werden, denn jeder Tag Verzögerung würde die Qualität des Destillats gefährden.

„Das war der einfache Teil", murmelte David, als sie eine weitere Kiste verluden. „Die Brennerei muss jetzt ohne Probleme laufen. Wenn etwas schiefgeht, war alles umsonst."

Lena wusste, dass er recht hatte. Markus' Sturheit, alles selbst zu überwachen, konnte ihnen jetzt zum Verhängnis werden. Doch für den Moment konzentrierten sie sich darauf, die Kirschen sicher zur Brennerei zu bringen.

Am späten Nachmittag waren die meisten Kirschen in die Brennerei transportiert worden. Die heiße Luft war voller süßem Kirschduft, während die Maschinen das Obst für den nächsten Schritt vorbereiteten. Doch die Anspannung blieb.

Kurz nach Sonnenuntergang, als die Arbeit fast abgeschlossen war, hörte Lena plötzlich einen lauten Knall aus der Richtung der Brennerei. Ihr Herz setzte für einen Moment aus. Sie und David rannten los, ihre Füße wirbelten Staub auf, als sie zu den Maschinen eilten. Was sie dort fanden, ließ ihnen das Blut in den Adern gefrieren.

Eines der großen Gärfässer war beschädigt. Markus stand, von Schock gezeichnet, vor den Fässern, während die Arbeiter versuchten, die ausströmende Kirschmaische aufzufangen. Der Boden war ein einziges Durcheinander und die wertvolle Maische drohte verloren zu gehen.

„Was ist passiert?", rief David außer Atem.

Markus war blass. „Ich weiß es nicht ... ich habe nur einen Moment weggesehen und dann ..." Seine Stimme versagte.

Lena und David zögerten nicht lange. Sie griffen zu den bereitliegenden Werkzeugen und begannen sofort, das Leck zu stopfen, während die Arbeiter versuchten, so viel wie möglich der verschütteten Maische zu retten. Es war ein Wettlauf gegen die Zeit, denn jede Minute, die verstrich, kostete sie wertvolles Material für den Brand.

„Wir schaffen das", rief Lena und sah zu David hinüber, der hektisch am beschädigten Brennkessel hantierte. „Wir dürfen jetzt nicht aufgeben."

Nach einer halben Stunde harter Arbeit gelang es ihnen, die Situation unter Kontrolle zu bringen. Die Maische war größtenteils gerettet und das Leck war abgedichtet. Doch der Schock saß tief.

Markus stand starr da, die Hände zitterten. „Das … das hätte uns alles kosten können", stammelte er schließlich.

David trat zu ihm und legte ihm die Hand auf die Schulter. „Aber wir haben es geschafft. Gemeinsam. Es ist noch nicht vorbei, Vater."

Lena trat näher und sah Markus fest an. „Es war ein Unfall, aber jetzt müssen wir weiterarbeiten. Der Händler wird bald hier sein und du kannst es dir nicht leisten, den Kopf hängen zu lassen."

Markus nickte langsam, als er ihre Worte aufnahm. Zum ersten Mal schien er die ständige Last, alles allein schaffen zu wollen, loszulassen. „Ihr habt recht", sagte er schließlich leise. „Wir müssen weitermachen."

Die Nacht brach herein, doch auf dem Hof der Breitners kehrte keine Ruhe ein. Sie arbeiteten bis in die frühen Morgenstunden, um die verlorene Zeit wieder aufzuholen. Die Kirschen wurden fermentiert, der Brennkessel liefen ohne Unterbrechung, und alle taten ihr Bestes, um das Ziel zu erreichen.

Lena, David und Markus arbeiteten Seite an Seite. Zum ersten Mal seit langer Zeit schien ein Funken von Einheit zwischen den Familien zu bestehen. Doch sie alle wussten, dass die Saboteure noch da draußen waren – und dass dieser Kampf noch lange nicht vorbei war.

Der Händlerbesuch

Der Morgen des Händlerbesuchs war kühl und ruhig. Ein leichter Nebel hing über Renchen-Ulm und die Sonne kämpfte sich langsam durch die feuchten Wolken. Lena und David standen gemeinsam auf dem Fruntner-Hof, die Stille zwischen ihnen war schwer von der bevorstehenden Anspannung. Sie hatten alles gegeben, um die Ernte zu sichern, und nun war der entscheidende Tag gekommen. Wenn der Händler zufrieden war, könnten beide Familien sich vorerst aus der Gefahr retten.

„Es fühlt sich an, als würde alles davon abhängen", murmelte Lena, während sie sich umdrehte und die Gärfässer und Destillationsanlagen auf ihrem Hof betrachtete. Der Duft von fermentierenden Kirschen lag schwer in der Luft. „Es muss heute einfach alles klappen."

David nickte und legte eine Hand auf ihre Schulter. „Es wird. Wir haben zu viel durchgemacht, um jetzt zu scheitern."

Im Hintergrund hörten sie das entfernte Geräusch eines Motors. Es war das Auto des Händlers, das die Reiersbacher Straße entlangfuhr und langsam auf dem Hof zum Stehen kam. Der Mann, der ausstieg, war groß und hatte einen prüfenden Blick. Sein Name war Herr Kessler und er war dafür bekannt, nicht leicht zufriedenzustellen. Er ließ seinen Blick über den Hof und die Vorbereitungen schweifen, als er auf Lena und David zuging.

94

„Guten Morgen", sagte er knapp und reichte beiden die Hand. „Ich bin gespannt, was Sie mir heute zu bieten haben." Lena und David führten ihn in die Brennerei, wo Heinrich bereits wartete. Markus Breitner war ebenfalls erschienen und obwohl die Spannung zwischen den Familien immer noch greifbar war, stand die gemeinsame Aufgabe im Vordergrund. Sie alle wussten, dass es auf diesen Moment ankam.

Kessler schritt durch die Brennerei, begutachtete die Maschinen, die Gärfässer und schließlich den Kirschbrand, der in den Flaschen zur Probe bereitstand. Jeder Handgriff, jedes Detail wurde von ihm genau geprüft. Lena beobachtete nervös, wie er die Gläser hob, an den Rändern roch und schließlich den ersten Schluck nahm. Für einen Moment hielt sie den Atem an.

Der Händler schwieg, ließ den Brand auf der Zunge wirken und nickte dann langsam. „Nicht schlecht", sagte er schließlich. „Ein guter, klarer Geschmack. Exzellent destilliert."

Erleichterung durchflutete die vier, doch sie wussten, dass dies erst der Anfang war. Kessler ging weiter, ließ sich alles zeigen, sprach mit den Arbeitern und stellte kritische Fragen über den Prozess. Die Familien arbeiteten perfekt zusammen, präsentierten ihre Methoden und sparten nicht an Details. Es war offensichtlich, dass Kessler von der Qualität der Produkte beeindruckt war, doch sein abschließendes Urteil stand noch aus.

Schließlich fuhren sie mit dem Händler zum Breitner Hof. Hier würde sich entscheiden, ob der gemeinsame Plan aufging oder nicht. Auch hier verkostete Kessler den Kirschbrand und analysierte jede Nuance. Markus, der die vergangenen Tage fast allein in der Brennerei verbracht hatte, stand angespannt daneben. Lena konnte sehen, wie sich die Anspannung in seinem Gesicht abzeichnete, doch sie hoffte, dass auch dieser Teil des Tages gut verlaufen würde.

Nach mehreren Stunden war die Besichtigung vorbei. Kessler stand nun vor den beiden Familien, während der letzte Sonnenstrahl des Tages die Brennereien in ein sanftes Licht tauchte. „Ich muss sagen", begann er, „was ich heute gesehen habe, hat mich beeindruckt. Die Qualität eurer Produkte ist auf einem hohen Niveau und ich sehe das Potenzial für eine langfristige Zusammenarbeit."

Lena und David hielten den Atem an.

„Allerdings", fuhr Kessler fort, „gibt es auch Dinge, die mir Sorgen bereiten. Ich habe Gerüchte über Sabotage gehört. Solche Geschichten können potenzielle Partner abschrecken."
Ein kurzer Schatten flog über die Gesichter der Anwesenden. Kessler wusste mehr, als sie angenommen hatten. Lena spürte, wie sich eine Kälte in ihrem Inneren ausbreitete.

„Aber ich bin bereit, darüber hinwegzusehen, wenn ihr mir versichern könnt, dass so etwas nie wieder vorkommt. Ich erwarte, dass die Qualität eurer Brände konstant bleibt und keine weiteren Zwischenfälle eure Produktion stören."

Markus trat vor und sprach mit fester Stimme: „Das können wir Ihnen versichern, Herr Kessler. Die Situation ist unter Kontrolle."

Kessler sah ihn für einen langen Moment an, dann nickte er langsam. „Gut. In diesem Fall freue ich mich auf unsere Zusammenarbeit."

Es fühlte sich an, als würde eine schwere Last von den Schultern der beiden Familien abfallen. Sie hatten es geschafft – zumindest für den Moment.

Nachdem der Händler gegangen war, kehrte eine ungewöhnliche Stille ein. Markus trat zu Lena und David und schüttelte langsam den Kopf. „Es war knapp", murmelte er, „aber wir haben es geschafft. Danke, dass ihr geholfen habt."

Lena lächelte schwach. „Es ging nur gemeinsam."

David legte seinem Vater die Hand auf die Schulter. „Wir müssen jetzt weiter nach vorne schauen. Was auch immer diese Saboteure wollten, sie haben nicht gewonnen. Aber wir dürfen nicht nachlässig werden."

Markus nickte ernst. „Ich weiß. Es wird noch einiges auf uns zukommen, aber heute … heute haben wir gesiegt."

Die Familien standen für einen Moment in dieser ruhigen, friedlichen Atmosphäre zusammen, wissend, dass der Kampf um ihre Zukunft noch nicht vorbei war. Doch sie hatten die erste große Hürde überwunden.

Nachdem die Arbeit auf beiden Höfen endlich getan war, entschieden sich Lena, David, Heinrich und Markus, den erfolgreichen Abschluss der Kirscherntesaison mit einer kleinen Feier zu würdigen. Die Anspannung der letzten Tage, die ständigen Herausforderungen und die Gefahr durch die

Saboteure hatten sie alle an ihre Grenzen gebracht. Es war Zeit, einen Moment durchzuatmen.

„Lass uns ins Stigler gehen", schlug David vor. „Wir haben uns das mehr als verdient."

Heinrich stimmte sofort zu und auch Markus nickte, wenn auch etwas widerwillig. Lena konnte ein Lächeln nicht unterdrücken. Es war ein Moment der Ruhe, eine Gelegenheit, die Gräben zwischen den Familien für einen Abend beiseitezulegen.

Im Gasthaus wurden sie von der freundlichen Wirtin Simone begrüßt. „Setzt euch, ich sofort bei euch! Ihr Männer bekommt sicher eine Kugel Kellertrübes?" fragte sie, während sie ihnen die Speisekarten übergab. Die rustikalen Holzbänke und die gemütliche Atmosphäre des Gasthauses wirkten einladend. Es war, als würde der Stress der letzten Tage für einen Moment von ihren Schultern fallen.

„Vier Kugeln bitte", grinste Lena „die haben wir uns heute verdient. Und das Essen wissen wir, glaube ich, auch ohne die Karte, oder?" Sie schaute von einem zum anderen und alle nickten.

„Na dann, was darf's sein?", fragte Simone, während sie sich ihre Schürze zurechtrückte.

„Für mich ein Schnitzel mit hausgemachtem Kartoffelsalat", sagte David, gefolgt von Lena, die dasselbe bestellte. Markus und Heinrich tauschten einen kurzen Blick, bevor Heinrich grinsend hinzufügte: „Und für mich ein ‚Restbrot'."

Markus entschied sich für Straßburger Wurstsalat Stigler, also weißem Dressing, und einem Stück Rahmkäse dazu. „Also wie eigentlich immer bei euch" lachte die Wirtin, nickte und verschwand in Richtung Küche.

Als Simone die frisch gezapften Kugeln Kellertrübes an den Tisch brachte, hoben alle ihre Gläser, um auf den perfekt gelaufenen Tag anzustoßen.

„Auf den gelungenen Besuch des Spirituosenhändlers", sagte Heinrich und lächelte. „Und darauf, dass wir zusammenhalten."

„Auf die Familien", fügte Lena hinzu, während ihre Blicke kurz auf David trafen. Sie stießen an und für einen Moment herrschte Frieden zwischen den Familien.

Der Sturm zieht auf

Die Nacht war still und ein leichter Nebel hing über Renchen-Ulm, als Lena in ihrem Zimmer auf dem Fruntner-Hof aufwachte. Sie hatte schlecht geschlafen; die Anspannung der letzten Tage machte es ihr schwer, zur Ruhe zu kommen. Die Ereignisse – die Übergabe der Dokumente an den Journalisten und der Besuch des Händlers – lagen hinter ihnen, doch Lena spürte, dass es noch nicht vorbei war.

Der Hof war in völliger Stille gehüllt. Der Kirschduft lag immer noch in der Luft, der schwere Geruch der Maische, die in den Gärfässern brodelte, war allgegenwärtig. Die Ernte war abgeschlossen, doch die Gedanken an die Saboteure ließen sie nicht los.

Lena stand auf, zog sich an und trat hinaus in den kühlen Morgen. Der Hof lag ruhig da, nur ein leichter Wind wehte durch die Baumreihen, die Kirschenbäume auf den Wiesen waren nun leer, die Erntehelfer und Maschinen für den Moment still. In der Ferne konnte sie das schwache Geräusch von Motoren hören – irgendwo bereitete sich ein Bauer auf den neuen Tag vor.

Sie beschloss, den Tag früh zu beginnen, wie immer in letzter Zeit. Der Erfolg beim Händlerbesuch hatte für einen Moment Erleichterung gebracht, doch sie wusste, dass die Bedrohung durch die Saboteure weiterhin über ihnen hing. Sie musste sich auf die bevorstehende Arbeit konzentrieren.

„Guten Morgen", sagte Heinrich, als er in die Küche trat. Er schien gut gelaunt, seine Stirn nicht mehr so stark in Sorgenfalten gelegt wie in den vergangenen Tagen. „Alles ruhig auf dem Hof?"

Lena, die gerade durch die Hintertür kam, nickte und lächelte schwach. „Ja, alles ist in Ordnung."

Heinrich setzte sich mit einem zufriedenen Grunzen an den Tisch. „Gut, das ist genau das, was wir brauchen. Ein paar ruhige Tage, um uns auf die Zukunft zu konzentrieren."

Doch tief in Lena nagte eine Unruhe. Sie wusste, dass diese Ruhe nicht von Dauer sein würde. Ihre Gedanken wanderten zu David. Sie hatten in den letzten Tagen so viel zusammen durchgestanden und sie spürte, dass die Verbindung zwischen ihnen stärker war als je zuvor. Doch auch das stellte eine Gefahr dar – die alten Fehden zwischen den Familien waren nicht so leicht zu überwinden, auch wenn der erste Schritt in Richtung Versöhnung getan war.

Nachdem sie das Frühstück beendet hatten, machte sich Lena auf den Weg zur Arbeit. Sie wollte sicherstellen, dass alles für die nächsten Schritte, das Abfüllen des Kirschbrandes, auf dem Hof vorbereitet war, doch ihre Gedanken ließen sie nicht los. Die Sabotageakte auf den Höfen waren kein Zufall gewesen und es war nur eine Frage der Zeit, bis der nächste Schlag kommen würde.

Plötzlich sah sie David am Eingang des Hofes. Er war früh aufgestanden und hatte den Weg zur Reiersbacher Straße genommen, um Lena zu sehen. Sein Gesichtsausdruck war ernst und als er sich ihr näherte, spürte sie sofort, dass etwas nicht stimmte.

„David, was ist los?", fragte sie besorgt.

David atmete tief durch. „Es ist mein Vater. Er hat gestern Abend etwas bemerkt – jemand hat wieder versucht, sich Zugang zur Brennerei zu verschaffen."

Lena stockte der Atem. „Aber … wie kann das sein? Nach allem, was passiert ist?"

David schüttelte den Kopf. „Ich weiß es nicht. Aber er hat heute Morgen auf dem Hof Spuren gefunden und jetzt ist er noch misstrauischer. Er hat die Arbeiter weggeschickt und will alles allein überwachen." Seine Augen suchten die ihren. „Er vertraut niemandem mehr."

Lena seufzte. „Das wird nicht gut ausgehen, David. Dein Vater kann das nicht allein schaffen."

„Das weiß ich", sagte David leise. „Deshalb bin ich hier. Wir müssen zusammenarbeiten. Wir können uns keine weiteren Verluste leisten."

Lena wusste, dass er recht hatte. „Lass uns sofort losgehen und ihm helfen."

Gemeinsam machten sie sich auf den Weg zum Breitner-Hof. Die Entfernung zwischen den beiden Höfen war zwar nicht groß, aber es fühlte sich für Lena an, als würde eine unüberwindbare Distanz zwischen den Familien liegen. Sie war fest entschlossen, diese Barriere endgültig zu durchbrechen.

Als sie den Breitner-Hof erreichten, fanden sie Markus Breitner in der Brennerei, der mit angespannter Miene über die Kessel wachte. Die Ernte war vorbei, doch die ständige Bedrohung ließ ihm keine Ruhe. Als er David und Lena erblickte, runzelte er die Stirn. „Was macht ihr hier?", fragte er scharf. „Ich habe alles unter Kontrolle."

David trat einen Schritt näher. „Vater, du kannst das nicht allein schaffen. Wir sind hier, um dir zu helfen. Wir dürfen jetzt nicht aufgeben."

Markus' Blick wanderte zu Lena und für einen Moment schien er hin- und hergerissen zu sein. Schließlich seufzte er schwer und nickte. „Meinetwegen. Aber bleibt mir aus der Brennerei."

David und Lena nickten und begannen sofort, die Arbeiter wieder zusammenzurufen, um den Hof weiter abzusichern. Die Saboteure würden nicht einfach aufgeben und sie mussten auf alles vorbereitet sein.

Als die Sonne langsam höher stieg, begannen die Arbeiten auf dem Breitner-Hof. Die Ernte war zwar abgeschlossen, doch es gab immer noch viel zu tun. Maschinen mussten gewartet, die Brennerei für die nächsten Destillationen vorbereitet und die restlichen Früchte verarbeitet werden. Lena und David arbeiteten Seite an Seite, während Markus die Brennerei fest im Griff hatte.

Trotz der ständigen Bedrohung durch die Saboteure spürte Lena, wie sich eine gewisse Ruhe in der gemeinsamen Arbeit ausbreitete. Es war ein neues Gefühl, diese Zusammenarbeit, und sie konnte sehen, dass auch Markus langsam verstand, dass sie nur gemeinsam stark sein konnten.

Der entscheidende Schlag

Der Tag auf dem Breitner-Hof war bereits in vollem Gange, die gemeinsame Arbeit hatte eine gewisse Routine geschaffen, und obwohl Markus sich nicht ganz wohl dabei fühlte, seine Kontrolle über die Brennerei zu teilen, akzeptierte er die Hilfe von Lena und den Arbeitern.

„Wir müssen sicherstellen, dass die nächste Destillation ohne Probleme läuft", sagte Markus, während er an einem der Kessel arbeitete. „Jede Verzögerung kostet uns wertvolle Zeit."

Lena sah ihm zu und bemerkte, dass er erschöpft wirkte. Die ständige Bedrohung durch die Saboteure, die Ernte, und die Verantwortung hatten ihre Spuren hinterlassen. „Wir können nicht mehr lange so weitermachen", dachte sie. „Es muss bald ein Ende geben."

In der Ferne hörten sie das Brummen von Traktoren und Maschinen, die auf den Feldern arbeiteten. Die angespannte Stimmung lag schwer in der Luft. Jeder auf dem Hof wusste, dass die Gefahr nicht vorbei war. Die Saboteure waren noch immer dort draußen und es war nur eine Frage der Zeit, bis sie erneut zuschlagen würden.

Am späten Vormittag setzten Lena und David sich kurz mit einem Kaffee zusammen, um das weitere Vorgehen zu besprechen. „Wir müssen die Augen offen halten", sagte David, während er einen letzten Blick über den Hof warf. „Wenn sie wiederkommen, müssen wir bereit sein."

105

Lena nickte. „Aber wir können uns nicht nur darauf verlassen, dass wir sie abfangen. Wir brauchen einen Plan, um sie endgültig zu stoppen."

Plötzlich hörten sie Schritte hinter sich. Es war einer der Arbeiter, der mit einem besorgten Gesichtsausdruck auf sie zukam. „Da ist etwas am hinteren Zaun des Hofes", sagte er atemlos. „Ich glaube, jemand hat sich Zugang verschafft."

Lena und David tauschten einen schnellen Blick. „Das ist es", flüsterte Lena. „Sie sind wieder da."

Ohne zu zögern, rannten sie los, vorbei an der alten Eiche und um die Scheune herum. Der hintere Zaun des Breitner-Hofs war eine abgelegene Ecke, die leicht übersehen werden konnte, wenn man nicht darauf achtete. Als sie dort ankamen, sahen sie die Spuren im matschigen Boden − frische Fußabdrücke, die auf ein Eindringen hinwiesen.

„Wir müssen herausfinden, wer das ist", sagte David entschlossen. „Dieses Mal dürfen sie uns nicht entkommen."

Lena stimmte zu und gemeinsam folgten sie den Spuren, die sich in Richtung eines kleinen Wäldchens hinter dem Hof führten. Es war ein abgelegener Ort, perfekt für jemanden, der sich verstecken wollte. Die Bäume warfen lange Schatten über den Boden und das Unterholz war dicht und verworren.

Plötzlich hörten sie ein Rascheln in den Büschen. Beide blieben stehen, die Ohren gespitzt. „Da ist jemand", flüsterte Lena.

Sie schlichen näher und versuchten, so wenig Lärm wie möglich zu machen. Das Rascheln wurde lauter und als sie einen Schritt weitergingen, sahen sie ihn – einen Mann, der sich an einem alten Maschendrahtzaun zu schaffen machte. Er trug dunkle Kleidung und hatte eine Kapuze tief ins Gesicht gezogen.

„Da ist er", zischte David. „Der Saboteur."

Ohne zu zögern, stürzte David sich auf den Mann, und Lena folgte ihm dichtauf. Der Fremde versuchte zu fliehen, doch David war schneller. Mit einem kraftvollen Griff packte er den Saboteur am Kragen und warf ihn zu Boden. Lena half ihm, den Mann festzuhalten, während er sich verzweifelt wehrte.

„Wer bist du?", rief David, während er den Fremden auf den Boden drückte. „Warum tust du das?"

Der Saboteur schwieg, kämpfte weiter, doch Lena und David hielten ihn fest. „Du wirst uns alles sagen", sagte Lena entschlossen. „Wir haben genug von deinen Spielchen."

Plötzlich hörten sie Schritte hinter sich. Es war Markus, der mit einigen der Arbeiter angerannt kam. Als er den Saboteur am Boden sah, weiteten sich seine Augen vor Zorn.

„Du …", knurrte Markus und trat näher. „Du bist der Grund für all das Chaos!"

Der Saboteur schwieg immer noch, doch seine Augen funkelten vor Wut. Markus beugte sich zu ihm hinunter, seine Stimme voller Zorn: „Wer steckt hinter dir? Wer bezahlt dich?"

107

Der Mann zuckte kurz zusammen, aber sagte nichts.

„Wir werden es herausfinden", sagte David mit fester Stimme. „Ob du redest oder nicht, wir werden die Wahrheit ans Licht bringen."

Gemeinsam brachten sie den Saboteur in einen Lagerraum auf dem Hof und verschlossen die Tür. Es war Zeit, die Polizei zu rufen und dieses Kapitel ein für alle Mal zu beenden. Lena spürte, wie die Anspannung langsam nachließ.

„Wir haben ihn", sagte Markus leise, als sie den Raum verließen. „Aber ich glaube nicht, dass er allein gehandelt hat."

David nickte. „Ganz sicher, es gibt noch mehr. Wir dürfen nicht nachlässig werden."

Lena sah zwischen den beiden Männern hin und her und wusste, dass dies der Anfang vom Ende war. Der Saboteur war gefasst, doch die Wahrheit hinter den Angriffen auf ihre Höfe war noch nicht ans Licht gekommen.

Während der Saboteur in der Lagerhalle sicher festgehalten wurde, stand die Anspannung auf dem Breitner-Hof immer noch in der Luft. Lena spürte, wie das Adrenalin in ihren Adern pulsierte, als sie zusammen mit David und Markus versuchte, einen klaren Kopf zu bewahren. Die letzten Tage hatten sie körperlich und mental ausgelaugt und doch schien es, als würde der wahre Kampf erst jetzt beginnen.

„Die Polizei ist unterwegs", sagte David, nachdem er den Anruf beendet hatte. „Es wird Zeit, dass das alles ein Ende findet."

Markus nickte, seine Miene war düster. „Ich traue der Sache noch nicht", murmelte er. „Ein einzelner Mann mag die Sabotageakte durchgeführt haben, aber er ist nicht das Gehirn hinter all dem."

Lena schauderte bei seinen Worten. Sie wusste, dass Markus recht hatte. Der Mann, den sie gefasst hatten, war nur ein Handlanger, davon war sie überzeugt. Aber wer zog die Fäden im Hintergrund? Wer hatte ein Interesse daran, die beiden Familien in den Ruin zu treiben?

„Ich glaube nicht, dass wir alles herausfinden, solange dieser Kerl nichts sagt", sagte Lena nachdenklich. „Aber wir können ihn nicht ewig hier festhalten. Die Polizei muss ihn verhören."

David stimmte zu, doch in seinen Augen lag derselbe Argwohn wie in denen seines Vaters. „Wir sollten nicht zu sehr auf die Polizei vertrauen. Sie wird vielleicht nicht die gesamte Geschichte ans Licht bringen. Wir müssen selbst weiter nachforschen."

„Wie meinst du das?", fragte Lena skeptisch. „Wir haben den Saboteur gefasst, aber was können wir noch tun?"

David wandte sich um und sah auf den Hof, der im sanften Licht der späten Vormittagssonne lag. „Es gibt mehr Informationen in diesen Dokumenten, die wir dem Journalisten gegeben haben", sagte er schließlich. „Ich bin sicher, dass er noch mehr herausgefunden hat, als er uns bisher mitgeteilt hat."

Markus blickte überrascht auf. „Glaubst du, er weiß, wer hinter all dem steckt?"

David nickte langsam. „Ja. Aber wir haben nicht genug Zeit, um darauf zu warten, dass er alles veröffentlicht. Wir müssen ihn noch einmal treffen – und diesmal will ich alle Informationen haben."

Lena fühlte, wie ein neuer Funke von Hoffnung in ihr aufstieg. Der Journalist könnte der Schlüssel sein, der ihnen den Zugang zur Wahrheit eröffnete. „Wann können wir ihn treffen?", fragte sie.

„Sofort", antwortete David entschlossen. „Ich rufe ihn an."

Während David sich zurückzog, um den Journalisten zu kontaktieren, wandte sich Lena an Markus. „Wir müssen auf der Hut sein. Der Saboteur mag gefangen sein, aber da sind noch mehr Leute im Spiel."

Markus, der immer noch die Spuren der letzten Wochen in seinem Gesicht trug, nickte zustimmend. „Dieser Mann wurde bezahlt, da bin ich mir sicher. Und die Person, die das Geld in der Hand hält, hat noch nicht alles ausgespielt."

Die nächsten Stunden vergingen in nervöser Erwartung. David hatte den Journalisten erreicht und sie hatten sich darauf geeinigt, sich in einem neutralen, abgelegenen Café in Oberkirch zu treffen – diesmal mit der Hoffnung, mehr über die Hintergründe zu erfahren.

Während sie sich auf den Weg machten, versuchte Lena ruhig zu bleiben, doch innerlich war sie angespannt. Der

Verdacht, dass jemand aus ihrer Umgebung, vielleicht sogar aus der Gemeinde, in diese Sabotage verwickelt sein könnte, wog schwer auf ihren Schultern. Sie konnte sich nicht vorstellen, wer es sein könnte, doch das Misstrauen hatte Wurzeln geschlagen.

„Wir müssen vorsichtig sein", sagte David, als sie die Stadt erreichten. „Der Journalist ist der Schlüssel zu allem, aber wenn die Saboteure herausfinden, dass er ihnen auf der Spur ist, könnten sie versuchen, auch ihn zum Schweigen zu bringen."

Das Café, in dem sie sich treffen wollten, war klein und abgelegen, fast unauffällig zwischen den anderen Geschäften in einer Seitenstraße der Oberkircher Fußgängerzone. Sie betraten es durch eine schmale Tür und sahen sich um. Am hinteren Tisch saß der Journalist mit ernster Miene und einer dicken Mappe vor sich.

„Setzt euch", sagte er knapp, als Lena und David sich zu ihm gesellten.

„Was hast du herausgefunden?", fragte David ohne Umschweife.

Der Journalist seufzte tief und öffnete die Mappe, aus der er einige Papiere hervorholte. „Es ist mehr, als ich zunächst gedacht hatte", sagte er, seine Stimme leise und eindringlich. „Diese Sabotageakte – sie waren nur der Anfang. Es gibt ein Netzwerk von Geschäftsleuten und Lobbyisten, die es auf die Brennereien in dieser Region abgesehen haben. Sie wollen euch zwingen, eure Familienbetriebe aufzugeben."

Lena schluckte schwer. „Aber warum?"

111

„Weil euer Land wertvoller ist, als ihr denkt", antwortete der Journalist. „Es gibt Pläne, in dieser Region Großinvestitionen zu tätigen – Wohnprojekte, touristische Anlagen und vor allem: industrielle Flächen. Euer Land steht im Weg. Die Saboteure sollten euch zwingen, aufzugeben und das Land billig zu verkaufen."

David ballte die Fäuste. „Und wer steckt dahinter?"

Der Journalist zögerte kurz, bevor er antwortete. „Es gibt Hinweise, dass ein Konsortium aus Investoren in Baden-Württemberg dahintersteckt. Ich konnte einige Namen herausfinden, aber es ist schwer, handfeste Beweise zu bekommen."

Lena und David sahen sich an. „Das ist also der Grund für die Sabotage", murmelte Lena. „Sie wollten uns in den Ruin treiben, um an das Land zu kommen."

„Genau", bestätigte der Journalist. „Und es scheint, als wären sie bereit, alles zu tun, um ihre Ziele zu erreichen. Ihr müsst sehr vorsichtig sein."

David atmete schwer aus und lehnte sich zurück. „Dann wissen wir jetzt zumindest, worum es wirklich geht."

Lena sah ihn fest an. „Und was machen wir jetzt?"

„Wir kämpfen", antwortete David. „Bis zum Ende."

Der Journalist reichte ihnen die Dokumente und legte eine Hand auf die Mappe. „Hier habt ihr Kopien von allem. Ich werde weiterhin ermitteln, aber passt auf euch auf. Diese Leute spielen nicht fair."

Mit den neuen Informationen im Gepäck verließen Lena und David das Café. Die Sonne neigte sich bereits dem Horizont entgegen und die Schatten in den Straßen wurden länger. Sie wussten, dass der Kampf noch nicht vorbei war, aber sie hatten endlich die Hinweise, die sie brauchten.

Als sie zum Hof zurückkehrten, fanden sie Markus auf dem Hof stehend, tief in Gedanken versunken. Als er die beiden sah, trat er vor. „Habt ihr etwas herausgefunden?"

„Ja", sagte David mit fester Stimme. „Mehr, als wir erwartet haben. Und es ist größer, als wir dachten."

„Wir werden es gemeinsam schaffen", fügte Lena hinzu und blickte zu David und Markus. „Egal, wie groß die Bedrohung ist."

Markus nickte langsam. „Gut. Dann fangen wir an, uns zu wehren."

Der letzte Angriff

Die Nacht war kalt und sternenklar, als Lena, David, Markus und Heinrich auf dem Fruntner-Hof zusammenstanden. Nur das leise Rauschen des Windes im alten Walnussbaum unterbrach die Stille. Die Anspannung in der Gruppe war greifbar. Sie wussten, dass dies der entscheidende Moment war – der letzte Schlag der Saboteure war unausweichlich.

„Die Polizei braucht zu lange", sagte Heinrich ruhig, seine Stimme klang wie immer fest und sicher. „Wenn sie zuschlagen, sind wir auf uns allein gestellt."

„Sie werden kommen", murmelte David und ließ seinen Blick über den Hof schweifen. „Es ist nur eine Frage der Zeit."

Markus nickte. „Wir haben uns so gut vorbereitet, wie es möglich ist. Aber wir müssen wachsam bleiben." Seine Stimme war grimmig und er schien entschlossen, sich nicht mehr von der Angst leiten zu lassen.

Lena stand neben David, ihre Hände fest in ihren Manteltaschen vergraben, doch ihre Augen scannten unentwegt die Dunkelheit. Sie spürte, wie ihr Herz schneller schlug. „Wir sind bereit", sagte sie leise. „Lasst uns das hinter uns bringen."

Die vier hatten in den letzten Tagen alles getan, um sich vorzubereiten. Die Höfe waren gesichert, die Arbeiter waren auf Alarmbereitschaft, und sie hatten Unterstützung von anderen Bauern aus der Umgebung erhalten. Aber sie alle wussten, dass die Saboteure nicht aufgeben würden, bis sie ihr Ziel erreicht hatten – die Zerstörung der beiden Brennereien.

Ein Knall ließ sie alle erstarren.

Lenas Augen weiteten sich. Das Geräusch kam von der Maschinenhalle am Rande des Fruntner-Hofs.

„Bleibt zusammen", sagte Heinrich entschlossen und griff nach einer Taschenlampe. „Lasst uns sehen, was da los ist."

Die vier machten sich auf den Weg zur Maschinenhalle, ihre Schritte leise, aber bestimmt. Die Nacht schien plötzlich schwerer, bedrohlicher. Sie konnten das metallische Klirren hören – jemand war dabei, die Destille zu manipulieren. Lena konnte das vertraute Adrenalin spüren, das durch ihren Körper schoss. Sie hatte keine Angst, nur Entschlossenheit.

Als sie die Halle erreichten, blieb Heinrich stehen und hob die Hand, um die anderen zum Anhalten zu bringen. Sie schlichen sich näher und spähten um die Ecke der Halle. Im schwachen Licht konnte Lena drei Gestalten erkennen, die um die Maschinen herumschlichen. Einer von ihnen war der Handlanger, den sie schon einmal gesehen hatten – er war wieder da, um ihre Arbeit zu beenden. Die anderen beiden waren ebenfalls finstere, entschlossene Männer, die alles taten, um ihre Mission durchzuführen.

„Das sind sie", flüsterte David. „Wir müssen sie stoppen, bevor sie größeren Schaden anrichten."

Markus ballte die Fäuste. „Kein Zurück mehr. Wir nehmen sie uns jetzt vor."

Bevor die Saboteure reagieren konnten, stürmten die vier zusammen nach vorne. Heinrich schaltete seine Taschenlampe ein, das grelle Licht blendete die Eindringlinge, und für einen Moment herrschte Verwirrung. „Stehenbleiben!", rief Heinrich mit einer Stimme, die keinen Widerspruch duldete.

Die Männer fuhren erschrocken herum. Der Handlanger versuchte, sich hastig zu verstecken, doch David war schneller. Er packte ihn am Kragen und riss ihn zu Boden, bevor er überhaupt die Chance hatte, zu fliehen.

Markus und Heinrich stellten sich vor die beiden anderen Saboteure, die unsicher wirkten. „Ihr seid am Ende", sagte Markus kalt. „Wir haben euch."

Die Männer tauschten einen schnellen Blick, dann machten sie den fatalen Fehler, sich zu wehren. Einer von ihnen zog ein Werkzeug aus seiner Tasche, doch bevor er zuschlagen konnte, packte Heinrich ihn mit einer überraschenden Geschwindigkeit und schlug ihm das Werkzeug aus der Hand und nockte ihn mit einem gezielten Faustschlag aus. Markus ließ sich nicht lange bitten und verpasste dem anderen einen Stoß, der ihn rückwärts stolpern ließ.

Lena blieb bei David, der den Handlanger auf dem Boden festhielt. Der Mann keuchte und versuchte sich zu befreien, doch David ließ nicht locker. „Nicht dieses Mal", zischte David zwischen zusammengebissenen Zähnen. „Ihr habt uns lange genug terrorisiert."

Der Handlanger keuchte vor Schmerz und Panik. „Lasst mich los! Ihr versteht das nicht!"

„Oh, wir verstehen das sehr gut", sagte Lena kühl und trat einen Schritt näher. „Ihr wurdet bezahlt, um unsere Familien zu zerstören. Aber jetzt ist Schluss."

Die Polizei, die inzwischen alarmiert worden war, traf nur wenige Minuten später ein. Die Saboteure hatten keine Chance zur Flucht und wurden schnell in Handschellen abgeführt. Es war vorbei. Der letzte Angriff war gescheitert.

Nachdem die Polizei die Männer abgeführt und ihre Aussagen aufgenommen hatte, kehrte eine merkwürdige Ruhe auf dem Fruntner-Hof ein. Die vier standen zusammen, die Kälte der Nacht schien nicht mehr so drückend, und ein Gefühl der Erleichterung durchströmte sie alle.

„Wir haben es geschafft", sagte Heinrich leise, als er seinen Blick über den Hof schweifen ließ.

Markus nickte langsam. „Es war knapp. Aber ja, wir haben es geschafft."

Lena spürte, wie die Anspannung in ihr nachließ. Sie sah David an, der ebenfalls erleichtert wirkte. „Wir haben zusammengehalten", sagte sie, ein schwaches Lächeln auf ihren Lippen. „Das war der Schlüssel."

„Ja", stimmte David zu. „Es hätte anders ausgehen können, wenn wir nicht zusammengearbeitet hätten."

Für einen Moment standen die beiden Familien schweigend beieinander, in dem Wissen, dass dies der letzte Schritt in einem langen, harten Kampf war, um ihre Brennereien, ihre Familien und ihre Zukunft zu retten.

„Lass uns zurück ins Haus gehen", sagte Heinrich schließlich. „Es gibt noch viel zu tun, aber heute … heute feiern wir unseren Sieg."

Sie gingen zurück in die warme Küche. Heinrich holte 4 Flaschen Ulmer Pils auf den Tisch. Die Nacht war dunkel und still, doch zum ersten Mal seit Wochen fühlte es sich an, als würde ein neuer Tag beginnen.

Überrumpelt

Lena hatte gerade begonnen, die Gärfässer auf dem Fruntner-Hof zu kontrollieren, als plötzlich ein seltsames Brummen über den Hof hallte. Zuerst dachte sie, es sei ein Traktor, der über den Feldweg nebenan rollte, aber das Geräusch wurde lauter und klang eindeutig nach mehreren Autos, die gleichzeitig anhielten. Verwirrt blickte sie auf, ging zur offenstehenden Tür hinüber und erblickte mehrere Fahrzeuge, die sich am Eingang des Hofes versammelt hatten. Bevor sie sich richtig sortieren konnte, sprangen Türen auf, und eine regelrechte Flut von Menschen strömte aus den Autos.

Lena hielt inne, als sie erkannte, wer da auf ihren Hof kam. Kameraleute, Journalisten mit Notizblöcken, Mikrofone in der Hand – die Presse war da, und zwar in großer Zahl.

„Was zur Hölle …?“, murmelte sie, während ihr Herz einen Schlag aussetzte. Nur Sekunden später entdeckten die Reporter sie und bewegten sich auf sie zu, schneller, als sie hätte reagieren können.

„Frau Fruntner!“, rief eine Journalistin aus der ersten Reihe, das Mikrofon schon auf sie gerichtet. „Können Sie uns etwas über die Sabotageakte auf Ihrem Hof erzählen? Wie hat sich das auf Ihre Produktion ausgewirkt?“

Lena spürte, wie ihr Magen sich zusammenzog. Sie hatte nicht erwartet, dass die Geschichte der Sabotagen so schnell die Runde machen würde, und schon gar nicht, dass die Presse sich auf ihren Hof stürzen würde. Was war passiert?

Noch bevor sie ihre Gedanken ordnen konnte, prasselten die Fragen weiter auf sie ein.

„Gab es weitere Zwischenfälle?", fragte eine andere Reporterin.

„Wie ist die Lage zwischen Ihnen und der Familie Breitner?"

Lena stand wie erstarrt. Diese Reporter wussten offenbar alles. Der Artikel, den sie und David gemeinsam mit dem Journalisten vorbereitet hatten, musste bereits veröffentlicht worden sein, und die Pressemeute war hier, um nach Antworten zu suchen. Doch Lena war nicht darauf vorbereitet, in diesem Moment Stellung zu nehmen.

Gerade als sie einen Schritt zurücktrat, öffnete sich die Tür zum Haupthaus, und Heinrich kam heraus, die Stirn in Falten. „Was ist hier los?", brüllte er, als er die Menschengruppe erblickte. Sein Blick wanderte zu Lena, die ratlos in der Menge stand.

„Die Presse", sagte Lena leise, „sie … Sie sind wegen des Artikels da."

Heinrichs Gesicht verfinsterte sich. „Artikel?" Er ging ein paar Schritte auf Lena zu, doch bevor er sie genauer befragen konnte, drängte sich ein Redakteur von Hitradio Ohr nach vorne.

„Herr Fruntner, was sagen Sie zu den jüngsten Enthüllungen? Es wird spekuliert, dass die Sabotageakte Teil eines größeren Komplotts sind. Können Sie dazu Stellung nehmen?"

Heinrichs Augen weiteten sich für einen Moment, dann hob er abwehrend die Hand. „Hören Sie", sagte er mit einer ruhigen, aber festen Stimme, „wir konzentrieren uns auf unsere Arbeit hier. Was auch immer da draußen passiert, wir lassen uns nicht von Spekulationen ablenken. Unsere Ernte und Produktion laufen weiter."

Die Reporter ließen jedoch nicht locker. „Ist es wahr, dass die Saboteure gezielt auf Ihre Familienbetriebe abgesehen haben? Gibt es Hinweise darauf, dass andere Unternehmen in der Region involviert sind?"

Lena spürte, wie ihr die Situation entglitt. Die Fragen kamen schneller, drängender, und sie wusste, dass jede falsche Antwort die Lage nur verschlimmern konnte. Sie musste sich konzentrieren, ruhig bleiben. „Wir arbeiten eng mit den Behörden zusammen", erklärte sie vorsichtig. „Was genau hinter den Sabotagen steckt, wissen wir noch nicht. Aber wir werden alles tun, um das herauszufinden."

Die Fragen rissen nicht ab, doch Lena und Heinrich versuchten, ihre Antworten so kontrolliert wie möglich zu halten. Das Wichtigste war, keine neuen Gerüchte zu schüren, keine Informationen preiszugeben, die die Situation verschlimmern könnten.

Am Breitner-Hof war die Lage ähnlich chaotisch. Auch hier war die Presse plötzlich aufgetaucht, ohne Vorwarnung, und hatte sich auf die Familie gestürzt. David und Markus standen im Innenhof, umgeben von Reportern, die ihre Mikrofone und Kameras auf sie gerichtet hatten.

„Herr Breitner", begann ein Reporter laut, „was sagen Sie zu den Gerüchten, dass die Sabotageakte nicht nur auf Ihre

Konkurrenz abzielten, sondern dass dahinter eine größere Organisation steckt?"

Markus, der die Kontrolle behalten wollte, straffte die Schultern und antwortete kühl: „Es gibt viele Gerüchte, aber bis wir konkrete Beweise haben, bleiben das nur Spekulationen. Wir konzentrieren uns darauf, den Schaden zu beheben und weiterzuarbeiten."

David stand neben seinem Vater, doch sein Blick wanderte immer wieder zu den Reportern. Er spürte, wie die Situation ihnen aus den Händen glitt. Die Presse wusste viel zu viel – es war offensichtlich, dass der Journalist, mit dem sie gesprochen hatten, mehr in seinem Artikel preisgegeben hatte, als sie erwartet hatten. Doch jetzt gab es kein Zurück mehr. Sie mussten diese Situation mit Bedacht angehen, denn jeder Fehler könnte die Existenz ihrer Familienbetriebe gefährden.

„Was sagen Sie zu den Verbindungen zu anderen Brennereien in der Region?", fragte ein weiterer Reporter.

„Glauben Sie, dass diese Sabotagen organisiert wurden, um eine Monopolstellung zu erzwingen?"

Markus schüttelte den Kopf. „Wir haben keine Beweise für so etwas. Unser Fokus liegt darauf, sicherzustellen, dass unsere Produktion nicht weiter gestört wird."

David war beeindruckt von der kühlen Art seines Vaters, doch er wusste auch, dass Markus innerlich unter immensem Druck stand. Die Sabotageakte hatten nicht nur den Betrieb gestört, sondern auch die psychische Belastung auf den Höfen erhöht.

Auf dem Fruntner-Hof herrschte ähnliche Anspannung. Die Reporter ließen nicht locker und drängten immer weiter auf Antworten. Lena und Heinrich standen unter ständigem Beschuss, während die Nachbarn aus dem Dorf neugierig auf den Hof blickten. Einige Bauern hatten sich in der Ferne versammelt und auch sie beobachteten, wie sich die Presse auf die Höfe stürzte.

„Frau Fruntner, Herr Fruntner", begann ein weiterer Journalist, „es wird spekuliert, dass die Sabotage Teil eines viel größeren Plans ist, der sich über die gesamte Region erstreckt. Was denken Sie dazu?"

Lena tauschte einen schnellen Blick mit ihrem Vater, bevor sie antwortete: „Wir können zu den Spekulationen nichts sagen. Es ist klar, dass die Angriffe auf uns und die Breitners nicht zufällig sind, aber wir wissen nicht, wer dahintersteckt. Was wir wissen, ist, dass wir weiterarbeiten und die Wahrheit ans Licht kommen wird."

Heinrich nickte zustimmend, doch seine Hände ballten sich unmerklich zu Fäusten. Es war nicht leicht, diese Angriffe und die Unsicherheit zu ertragen. Die Zukunft ihrer Höfe hing an einem seidenen Faden und nun hatten sie auch noch die Presse im Nacken.

Als die Reporter schließlich weiterzogen, blieb eine seltsame Stille auf den Höfen zurück. Als der letzte Wagen außen Sichtweite war, fiel Lena auf die Knie und vergrub das Gesicht in ihren Händen. Die Aufregung der letzten Stunde forderten ihren Tribut, Lena konnte die Tränen nicht zurückhalten. Sie spürte, wie die Anspannung langsam nachließ, doch die Fragen hallten noch in ihrem Kopf nach. Sie wussten nun, dass es mehr als nur einen Saboteur gab, und dass die

Sabotageakte wohl Teil eines größeren Plans waren. Aber wer steckte dahinter?

Währenddessen kehrte auch auf dem Breitner-Hof nach und nach Ruhe ein. Markus und David standen noch immer zusammen, die letzten Reporter verschwanden gerade von ihrem Hof. David blickte seinem Vater in die Augen und sah, wie erschöpft er war. Sie hatten den Medienansturm überlebt, doch die drängenden Fragen blieben unbeantwortet.

„Wir müssen herausfinden, wer das ist", sagte David leise. „Und zwar schnell."

Markus nickte nur stumm, die Schwere der Situation lastete auf seinen Schultern.

Der plötzliche Sturm

Lena saß in der Küche des Fruntner-Hofs, die Ereignisse des Tages noch immer in ihrem Kopf kreisend. Die Presse war unerwartet über sie hereingebrochen und die ständigen Fragen hatten sie völlig aus dem Konzept gebracht. Gerade als sie dachte, dass die Ruhe wieder einkehren könnte, hörte sie draußen Geräusche. Durch das Fenster sah sie Heinrich, der sich mit jemandem unterhielt. Als sie genauer hinsah, erkannte sie Markus und David Breitner, die auf den Hof kamen.

David hielt eine Zeitung in der Hand und sein Gesichtsausdruck verriet, dass die Situation sich verschlimmern würde.

Lena trat aus dem Haus und ging auf die drei zu. „Was ist los?", fragte sie vorsichtig, obwohl sie die Antwort schon erahnte.

Markus hielt die Zeitung hoch – die „Acher-Rench-Zeitung". „Hast du das schon gesehen?", fragte er, seine Stimme klang hart.

Lena schüttelte den Kopf. „Nein, was steht drin?"

„Alles", sagte David trocken und reichte ihr die Zeitung.

Auf der Titelseite prangte ein großer reißerischer Artikel: *Sabotage in den Kirschplantagen von Renchen-Ulm – Zwei Familien im Kreuzfeuer.* Der Artikel war ein regelrechtes

Enthüllungsstück, das die Sabotageakte detailliert beschrieb und sogar Hinweise auf familiäre Spannungen enthielt. Der Autor spekulierte über die Möglichkeit, dass die Fruntners und Breitners in einem erbitterten Konkurrenzkampf stünden, der die Sabotageakte ausgelöst haben könnte.

„Das darf doch nicht wahr sein", flüsterte Lena und sah entsetzt zu Heinrich und Markus. „Sie stellen uns dar, als wären wir Feinde, die sich gegenseitig ruinieren wollen."

„Und die Presse liebt es", fügte Markus hinzu, seine Stimme bebte vor Wut. „Das ist das Letzte, was wir jetzt brauchen."

David schüttelte den Kopf. „Es wird noch schlimmer. Die Kripo ist jetzt offiziell eingeschaltet. Sie werden alle befragen, sowohl unsere Familien als auch die Arbeiter."

Lena fühlte, wie ihr die Schwere der Situation bewusst wurde. „Die Kripo?", fragte sie ungläubig. „Glauben die wirklich, dass wir etwas damit zu tun haben könnten?"

„Es sieht so aus, als würde der Artikel die Ermittlungen beschleunigen", sagte David und ließ sich auf einen der Stühle sinken. „Die Presse hat alles angeheizt."

Während sie darüber sprachen, wurde die Atmosphäre noch bedrückender. Heinrich sah zu Markus. „Das heißt, wir müssen noch enger zusammenarbeiten", sagte er. „Wenn wir jetzt nicht vereint auftreten, könnten die Ermittler uns gegeneinander ausspielen."

Markus nickte, seine übliche Sturheit war von einer gewissen Vorsicht abgelöst. „Das sehe ich auch so. Wir müssen einen kühlen Kopf bewahren und zusammenhalten. Die Saboteure sind noch da draußen und das Letzte, was sie wollen, ist, dass wir ihnen auf die Spur kommen."

Lena faltete die Zeitung zusammen. „Was tun wir jetzt?", fragte sie, während sie die Gesichter der anderen betrachtete.

Bevor jemand antworten konnte, hörten sie Motorengeräusche vor dem Hof. Ein schwarzer Wagen hielt vor dem Tor und zwei Männer stiegen aus. Es war offensichtlich, dass sie zur Kriminalpolizei gehörten.

„Es geht los", murmelte David, als die Beamten auf sie zukamen.

Die beiden Kripobeamten stellten sich als Kommissar Weber und seine Kollegin Krüger vor. „Wir sind hier, um Fragen zu stellen", begann Weber, „wegen der jüngsten Sabotagevorfälle auf den Höfen der Fruntners und Breitners."

Die Anspannung war sofort greifbar, doch Heinrich trat vor und sagte ruhig: „Natürlich. Sie können mit uns sprechen, wann immer es nötig ist."

Weber nickte und machte sich bereit, seine Fragen zu stellen. Er begann damit, die genauen Abläufe der Ernte zu hinterfragen, die Sicherheitsvorkehrungen und wer Zugang zur Brennerei hatte. Markus und Heinrich beantworteten alles so klar und präzise wie möglich, während Lena und David abwechselnd die Details ergänzten. Die Ermittler schienen darauf bedacht, keine Emotionen zu zeigen, doch ihre Fragen deuteten darauf hin, dass sie alle Möglichkeiten in Betracht zogen — einschließlich der Möglichkeit, dass jemand innerhalb der Familien involviert sein könnte.

„Gibt es Spannungen zwischen den Familien?", fragte Kommissarin Krüger plötzlich und musterte dabei Markus und Heinrich.

„Früher vielleicht", antwortete Markus langsam, „aber das ist längst vorbei. Jetzt arbeiten wir zusammen, um den Saboteuren das Handwerk zu legen."

„Glauben Sie, dass jemand aus ihren eigenen Reihen an den Sabotageakten beteiligt sein könnte?", fragte Weber scharf.

Heinrich und Markus tauschten einen schnellen Blick, bevor Heinrich antwortete: „Wir vertrauen unseren Leuten. Keiner von uns würde so etwas tun."

„Mhm, so wie bei diesem Marian?" Weber schrieb etwas in sein Notizbuch und nickte auffallend langsam. „Wir müssen dennoch alle Möglichkeiten prüfen. Diese Art von Sabotage erfordert explizites Wissen über die Arbeitsprozesse. Es ist unwahrscheinlich, dass es sich um einen Außenseiter handelt."

Lena fühlte einen kalten Schauer über ihren Rücken laufen. Die Vorstellung, dass noch ein weiterer der Erntehelfer oder sogar jemand aus den Familien dahinterstecken könnte, war erschreckend. Doch sie wusste, dass die Wahrheit irgendwo da draußen war – und sie mussten sie finden, bevor es zu spät war.

Nachdem die Kripo ihre Befragungen abgeschlossen hatte, standen die Familien in der sinkenden Nachmittagssonne zusammen. Die Bedrohung war real und sie konnten nur hoffen, dass die polizeilichen Ermittlungen bald die Wahrheit ans Licht bringen würden.

Die Wahrheit ans Licht bringen

Die Tage nach dem ersten Ansturm der Presse verliefen schleppend, aber die drückende Spannung im Dorf wuchs weiter. Über Renchen-Ulm hing ein bedrückendes Gefühl der Unsicherheit, das von Tag zu Tag schwerer zu ertragen war. Die Sabotageakte, die Ermittlungen der Kripo, der plötzliche Pressewirbel und das ständige Gefühl, beobachtet zu werden, hatten alle an ihre Grenzen gebracht. Lena konnte den Schatten, der über ihren Gedanken schwebte, kaum loswerden.

Die Arbeiten auf den Höfen liefen weiter, aber mit einem nervösen Unterton, der in jedem Gespräch, jeder Bewegung spürbar war. Die Ernte war zwar eingebracht, aber die Bedrohung durch die Saboteure hing immer noch über den beiden Familien.

Lena saß in der abendlichen Stille auf der Veranda des Fruntner-Hofs, als Heinrich sich zu ihr gesellte. „Wie geht es dir?", fragte er, seine Stimme klang müde. Er setzte sich auf die Holzbank neben ihr und gemeinsam schauten sie in die Ferne. Der Nebel hatte sich über die Baumreihen gelegt und die vertraute Landschaft wirkte jetzt düster und fremd.

„Es ist seltsam", sagte Lena leise. „Es fühlt sich so an, als würde etwas Großes auf uns zukommen, aber ich weiß nicht, was."

Heinrich nickte langsam. „Ich mache mir auch Sorgen. Das hier geht tiefer, als wir anfangs gedacht haben. Diese Sabotagen sind keine einfachen Racheakte."

Lena seufzte und zog die Beine an ihre Brust. „Ich habe das Gefühl, dass uns die Zeit davonläuft. Aber wir wissen nicht einmal, gegen wen wir wirklich kämpfen."

Heinrich schwieg einen Moment und ließ seinen Blick über den Hof schweifen. „Ich habe in den letzten Tagen ein paar alte Freunde kontaktiert. Es gibt Gerüchte, dass ein Investor in der Region aktiv ist. Karl Wagner, ein Geschäftsmann, der in den letzten Jahren viel Land aufgekauft hat. Wenn ich richtig liege, steckt er hinter all dem hier."

Lena drehte sich überrascht zu ihrem Vater um. „Karl Wagner? Der Name sagt mir nichts."

„Mir auch nicht", gab Heinrich zu. „Aber er hat sich einen Ruf aufgebaut, indem er kleine Bauernhöfe aufkauft und große, industrielle Betriebe daraus macht. Wenn er es auf unser Land abgesehen hat, dann sind wir in ernsthafter Gefahr."

Lena ließ diese Information sacken. Ein Investor, der versuchte, die beiden Höfe in den Ruin zu treiben, um sie billig aufzukaufen? Das ergab Sinn. „Das würde erklären, warum uns jemand sabotiert. Aber wie beweisen wir das?"

Heinrich seufzte und strich sich müde über das Gesicht. „Das ist die große Frage. Wir müssen Beweise finden, dass Wagner hinter den Sabotagen steckt. Vielleicht haben er und seine Leute einen Fehler gemacht. Wir müssen nur wachsam bleiben und jede Gelegenheit nutzen, um ihm das Handwerk zu legen."

Lena nickte, doch sie fühlte, wie sich die Last auf ihren Schultern noch schwerer anfühlte. Sie standen vor einem übermächtigen Gegner, einem Mann mit Geld, Macht und Verbindungen. Es war, als würde das Netz, das sich um ihre Familien legte, immer enger gezogen.

Plötzlich hörten sie Motorengeräusche und Scheinwerfer tauchten auf dem Hof auf. Lena spürte, wie sich ihr Herzschlag beschleunigte, als sie aufstand und zur Zufahrt blickte. Es war David, der mit ernster Miene aus seinem Auto stieg.

„David?", fragte sie, als er auf sie zukam. „Was ist passiert?"

David sah müde und angespannt aus, als er die Veranda betrat. „Es gibt Neuigkeiten. Ich muss sofort mit deinem Vater reden." Heinrich trat näher und nickte ihm zu, als David sich setzte. „Mein Vater und ich haben etwas herausgefunden", begann David und sah Lena und Heinrich abwechselnd an. „Es gibt einen Grund, warum die Sabotagen so gezielt auf uns abzielen. Es geht nicht nur um die Ernte, sondern um viel mehr."

„Was hast du herausgefunden?", fragte Heinrich ruhig, aber angespannt.

David nahm einen tiefen Atemzug. „Wir haben den Namen Karl Wagner gehört, als wir mit einem der Kripo-Beamten gesprochen haben. Dieser Wagner kauft überall in der Region Land auf. Ich habe nachgeforscht und herausgefunden, dass er in den letzten Monaten besonders aktiv war. Einige kleine Höfe in der Gegend haben bereits verkauft und es gibt Gerüchte, dass er hinter den Sabotagen steckt, um den Preis für unser Land zu drücken."

„Das passt zu dem, was ich gehört habe. Ich habe es gerade mit Lena darüber gehabt", sagte Heinrich nachdenklich. „Aber wie beweisen wir das?"

David seufzte. „Das ist das Problem. Wir haben keine direkten Beweise, aber wir wissen, dass Wagner und seine Leute sehr diskret arbeiten. Wenn wir etwas finden wollen, müssen wir uns beeilen. Dieser Mann hat die Mittel und das Geld, um uns aus dem Geschäft zu drängen, und er wird vor nichts Halt machen."

Lena spürte, wie sich die Angst in ihrem Magen breit machte. Sie standen einem Gegner gegenüber, der bereit war, alles zu tun, um seine Ziele zu erreichen. „Was schlagt ihr vor?", fragte sie leise.

David sah sie fest an. „Wir müssen die Presse auf unsere Seite bringen. Der Artikel in der Acher-Rench-Zeitung hat schon Wellen geschlagen, aber das reicht nicht. Wenn wir beweisen können, dass Wagner hinter den Sabotagen steckt, können wir ihn öffentlich bloßstellen. Und das ist unsere einzige Chance."

Heinrich nickte langsam. „Wir müssen uns an die Presse wenden und dafür sorgen, dass die Öffentlichkeit von diesen Machenschaften erfährt. Wenn wir genug Druck aufbauen, kann Wagner nicht einfach weitermachen."

Lena dachte an die Reporter, die in den letzten Tagen im Dorf aufgetaucht waren. Sie hatten viele Fragen gestellt, aber bis jetzt hatten sie nur vage Antworten bekommen. „Was ist, wenn Wagner herausfindet, dass wir ihm auf der Spur sind?", fragte sie besorgt.

„Das Risiko müssen wir eingehen", sagte David fest. „Er wird nicht aufhören, bis er beide Höfe zerstört hat. Aber wenn wir ihn zuerst entlarven, wird er keine Wahl haben, als sich zurückzuziehen."

„Dann sollten wir schnell handeln", sagte Heinrich entschlossen. „Wir müssen die Presse informieren und gleichzeitig Beweise finden, die Wagner mit den Sabotagen in Verbindung bringen."

Lena sah zu David. „Hast du eine Idee, wie wir das anstellen können?"

David nickte. „Wir haben bereits begonnen, die Kripo auf die Spur zu setzen. Sie wissen, dass Wagner in der Gegend aktiv ist, und sie haben versprochen, ihre Ermittlungen in diese Richtung zu intensivieren. Aber es liegt an uns, die letzten Puzzlestücke zusammenzusetzen. Und dafür brauchen wir die Presse."

Gleich am nächsten Morgen, als die Sonne über dem Dorf aufging, tauchte die Presse erneut wie eine Flutwelle in Renchen-Ulm auf. Autos von verschiedenen Nachrichtenagenturen parkten entlang der Reiersbacher Straße. Der Parkplatz vorm Blumenhaus Serrer und sogar der Mitarbeiterparkplatz der gegenüberliegenden Firma waren zu geparkt. Die Wagen der Presse standen sogar in den Einfahrten der Nachbarhöfe. Kamerateams, Reporter und Fotografen liefen eilig umher, stellten Fragen und hielten Mikrofone in die Gesichter der überraschten Dorfbewohner.

Heinrich und Lena sahen sich auf dem Fruntner-Hof hektisch um. Die Situation war außer Kontrolle geraten. Sie hatten nicht damit gerechnet, dass die Berichterstattung so schnell eskalieren würde.

„Was machen wir jetzt?", fragte Lena, während sie nervös auf die ankommenden Journalisten blickte.

„Wir halten zusammen. So wie besprochen." sagte Heinrich fest. „Wir beantworten ihre Fragen, aber nur so viel, wie nötig ist. Wir dürfen nichts sagen, was uns in Schwierigkeiten bringt, bis wir mehr wissen."

In der Zwischenzeit bereiteten sich auch David und sein Vater auf den Ansturm der Presse vor. Markus war nicht glücklich darüber, dass die Aufmerksamkeit auf seine Familie gerichtet war, aber er wusste, dass es unvermeidlich war. Der Artikel in der „Acher-Rench-Zeitung" hatte bereits für genug Aufregung gesorgt und nun wollten alle wissen, was wirklich hinter den Sabotagen steckte.

Als sich die ersten Reporter dem Hof näherten, sah Lena ihren Vater an. „Wir müssen stark bleiben", flüsterte sie. „Das ist unsere Chance, Wagner zu stoppen."

„Und das werden wir", antwortete Heinrich fest. „Wir werden ihn zur Rechenschaft ziehen."

Die Familien waren sich einig: Sie würden bis zum Äußersten gehen, um ihre Höfe zu retten.

Das Netz zieht sich zu

Die Sonne stand hoch am Himmel, als sich die Situation in Renchen-Ulm weiter zuspitzte. Nachdem die Presse das Dorf überflutet hatte, wurden Lena, David, Heinrich und Markus auf Schritt und Tritt von Kameras und Reportern verfolgt. Die Fragen wurden immer aggressiver, die Neugier wuchs. Jeder wollte wissen, was hinter den Sabotagen steckte und welche Rolle die beiden Familien dabei spielten.

David hatte es nicht leicht auf dem Breitner-Hof. Während er versuchte, den Betrieb am Laufen zu halten, sah er immer wieder Reporter, die versuchten, Fotos zu machen oder Arbeiter nach Informationen auszufragen. Markus hielt sich bewusst zurück, doch David spürte, dass sein Vater zunehmend gereizt wurde.

Auf dem Fruntner-Hof sah es nicht anders aus. Lena versuchte, die Ruhe zu bewahren, doch auch sie war nervös. Die ständige Präsenz der Presse belastete nicht nur die Arbeit auf den Höfen, sondern auch die Dorfgemeinschaft. Die Nachbarn waren von dem Trubel genervt und begannen, Fragen zu stellen. Es wurde deutlich, dass nicht alle auf ihrer Seite standen.

Als Lena und Heinrich an diesem Nachmittag vor der Scheune auf dem Fruntner-Hof standen, um die Destille zu überprüfen, trat ein Mann in dunkler Kleidung auf sie zu. Es war der Kripo-Beamte Krüger, der schon seit Tagen im Hintergrund ermittelten. „Ich hoffe, ich störe nicht", sagte er ruhig und zückte seinen Ausweis.

„Was gibt es?", fragte Heinrich und wischte sich den Schweiß von der Stirn.

„Wir haben Fortschritte gemacht", begann der Beamte. „Es gibt Hinweise darauf, dass Karl Wagner tatsächlich hinter den Sabotagen steckt. Wir konnten einige seiner Verbindungen nachweisen – er hat Kontakte zu mehreren Firmen, die industrielle Landwirtschaft betreiben und daran interessiert sind, Land in dieser Region zu erwerben."

Lena und Heinrich sahen sich an. Es war genau das, was sie vermutet hatten, doch der entscheidende Beweis fehlte noch. „Was bedeutet das für uns?", fragte Lena leise.

„Wir brauchen Ihre Unterstützung", fuhr der Beamte fort. „Es könnte sein, dass Wagner versucht, noch mehr Druck auf Sie auszuüben, jetzt, da die Presse hier ist. Wenn wir ihn auf frischer Tat ertappen, können wir ihn endgültig festnageln. Aber das geht nur mit Ihrer Hilfe."

Lena nickte entschlossen. „Wir werden alles tun, was nötig ist."

Am Abend trafen sich die beiden Familien auf dem Fruntner-Hof, um die nächsten Schritte zu besprechen. Der Druck wurde immer größer und sie wussten, dass sie jetzt keine Fehler machen durften. Die Saboteure waren noch immer aktiv und sie mussten damit rechnen, dass es bald zu einem weiteren Schlag kommen würde.

„Wir müssen zusammenhalten", sagte Markus mit ernster Stimme. „Dieser Wagner wird nicht aufgeben, bis er das bekommt, was er will."

„Aber wir sind ihm jetzt einen Schritt voraus", fügte Heinrich hinzu. „Dank der Kripo wissen wir, dass wir beobachtet werden. Wenn Wagner glaubt, dass er uns weiter unter Druck setzen kann, hat er sich getäuscht."

David sah zu Lena, die schweigend neben ihrem Vater saß. „Wir dürfen jetzt keine Angst zeigen. Wagner wird früher oder später einen Fehler machen und dann schlagen wir zu."

Die nächsten Tage waren von einer angespannten Ruhe geprägt. Die Saboteure ließen sich nicht mehr blicken, doch die Kripo hielt die Höfe unter Beobachtung. Jeder wusste, dass etwas Großes bevorstand, doch niemand konnte sagen, wann es passieren würde.

Eines Morgens, als Lena gerade dabei war, die letzten Vorbereitungen für eine Lieferung an den Obstgroßmarkt zu treffen, klingelte ihr Handy. Es war David. „Lena, du musst sofort herkommen", sagte er mit drängender Stimme. „Es ist etwas passiert."

Lena eilte zum Breitner-Hof und fand dort eine beunruhigende Szene vor. Ein Großteil der Presse hatte sich zurückgezogen, doch vor der alten Brennerei standen einige Kripo-Beamte und diskutierten hektisch. David wartete bereits auf sie.

„Was ist los?", fragte Lena, als sie auf ihn zukam.

„Sie haben jemanden in der Nähe der Brennerei gesehen", sagte David. „Einer der Beamten hat es geschafft, ihn zu schnappen, bevor er fliehen konnte."

138

Lena spürte, wie ihr Herz schneller schlug. „Wer war es?"

„Es ist einer von Wagners Leuten", sagte David. „Er hat alles gestanden. Sie wollten die Brennereien sabotieren, um uns zu ruinieren und das Land billig aufzukaufen."

Lena schluckte schwer. „Das hat er wirklich zugegeben?"

„Ja", sagte David. „Jetzt haben wir die Beweise, die wir brauchen."

Die Familien hatten endlich Klarheit. Die Saboteure, die für Wagner arbeiteten, hatten versucht, die Betriebe der beiden Familien in den Ruin zu treiben, um ihre Höfe für einen Spottpreis aufzukaufen. Der Plan war simpel gewesen, aber er hätte funktioniert, wenn nicht die Entschlossenheit und das Zusammenwirken von Fruntners und Breitners gewesen wäre.

Wenige Stunden später trafen sich die beiden Familien wieder auf dem Fruntner-Hof, wo die Kripo ihnen die neuesten Erkenntnisse mitteilte. „Wir haben genug, um Wagner anzuklagen", sagte der leitende Beamte. „Das Geständnis seines Handlanger und die Verbindungen, die wir nachweisen konnten, sind mehr als ausreichend. Wagner wird sich bald vor Gericht verantworten müssen."

Heinrich atmete erleichtert auf „Und was passiert jetzt?" fragte er.

„Jetzt liegt es an der Justiz", sagte der Beamte. „Wir werden die Beweise zusammenstellen und dafür sorgen, dass Wagner angeklagt wird. Aber das kann Zeit in Anspruch nehmen. Bis dahin sollten Sie sich darauf vorbereiten, dass die Medien weiter Druck machen."

Lena sah zu David, der erschöpft neben ihr saß. „Wir haben es fast geschafft", sagte sie leise. „Aber es fühlt sich nicht wie ein Sieg an."

David nickte. „Es wird noch ein langer Weg", sagte er. „Aber das Wichtigste ist, dass wir wissen, wer hinter all dem steckt. Wagner wird für das, was er getan hat, zur Rechenschaft gezogen werden."

In den nächsten Tagen ebbte der Presseansturm langsam ab, doch die Familien wussten, dass der mediale Fokus auf ihnen bleiben würde, bis der Prozess vorbei war.

Wagner, der mächtige Investor, hatte sein Ziel nicht erreicht, doch seine Sabotage hatte tiefe Narben hinterlassen – nicht nur in den Familien, sondern im gesamten Dorf.

Eines Abends, als die Sonne langsam hinter den Hügeln verschwand, saßen Lena, David, Heinrich und Markus zusammen im Gasthaus Stigler. Jeder eine Kugel Kellertrübes in der Hand, stießen sie an. Es war das erste Mal seit Wochen, dass sie alle ein wenig durchatmen konnten. Der Duft der frischen Ernte hing noch in der Luft und die Abendsonne tauchte die Landschaft in warmes Licht.

„Wir haben es überstanden", sagte Heinrich schließlich und nahm einen tiefen Schluck von seinem Bier.

„Ja", stimmte Markus zu und leerte sein Glas mit einem großen Schluck. „Aber ich habe das Gefühl, dass wir noch viel Arbeit vor uns haben. Die Höfe müssen wieder in

Ordnung gebracht werden und die nächsten Monate werden nicht einfach."

„Das stimmt", sagte David. „Aber wir sind immer noch hier. Und das ist das Wichtigste."

Lena lächelte schwach. „Es war ein harter Kampf, aber am Ende haben wir zusammengehalten. Das ist mehr wert als alles andere."

„Simone, machst du uns noch 4 Kugeln?", fragte Heinrich die gerade vorlaufende Wirtin des Gasthauses. „Kommt sofort" trällerte diese zurück, schenkte den Vieren ein herzliches, offenes Lachen und verschwand direkt hinter der Theke.

Die vier saßen still zusammen und genossen den Moment der Ruhe. Sie wussten, dass es noch viele Herausforderungen geben würde, doch für den Augenblick war der Sturm vorbei.

Als die Nacht hereinbrach, stieg eine erlösende Stille über Renchen-Ulm auf.

Der entscheidende Moment

Die Sonne stand schon tief, als Lena und David sich auf dem Fruntner-Hof trafen. Es war der Tag, auf den sie so lange gewartet hatten. Der Spirituosenhändler, Herr Kessler, würde heute die Entscheidung verkünden, welche der beiden Brennereien den begehrten Auftrag für die kommende Saison erhalten würde. Das Dorf hatte sich nach den turbulenten Wochen langsam beruhigt, aber die Anspannung zwischen den Familien war spürbar. Beide hatten in den letzten Monaten so viel riskiert, um ihre Höfe zu retten, und jetzt stand alles auf dem Spiel.

Markus und Heinrich standen etwas abseits, beide tief in Gedanken versunken. Sie wussten, dass dieser Tag einen Wendepunkt darstellen würde, nicht nur für die Höfe, sondern für die Zukunft ihrer Familien. Es war ein stummer Wettkampf, den sie ausgetragen hatten, und keiner von ihnen wusste, wie es enden würde.

David stand neben Lena und sah auf die schmale Straße, die zum Hof führte. „Er müsste jeden Moment hier sein", sagte er leise.

Lena nickte, ihr Herz schlug schneller. Die Wochen der Zusammenarbeit hatten ihre Beziehung gestärkt, doch die Unsicherheit über den Ausgang des Händlerbesuchs nagte an ihnen beiden. David drehte sich zu ihr um und nahm ihre Hand. „Egal, wie es ausgeht, wir müssen zusammenhalten.

Wir haben zu viel durchgemacht, um uns jetzt auseinander-dividieren zu lassen."

Lena lächelte leicht und drückte seine Hand. „Ja, das stimmt."

Dann hörten sie das leise Brummen eines Motors und Kesslers Wagen erschien am Horizont. Die Spannung in der Luft war greifbar, als das Auto näherkam und schließlich vor dem Fruntner-Hof hielt. Kessler stieg aus, er sah wie immer geschäftsmäßig aus und trug seine typische, undurchdringliche Miene zur Schau. Er schüttelte Heinrich und Markus die Hand und nickte knapp in Richtung von Lena und David.

„Guten Tag", begann er, seine Stimme ruhig, aber mit einem Hauch von Autorität. „Ich habe mir in den letzten Wochen Gedanken gemacht und alle Faktoren in Betracht gezogen. Es war keine leichte Entscheidung."

Lena spürte, wie ihre Kehle trocken wurde. Sie sah kurz zu ihrem Vater, der starr auf Kessler blickte, ohne eine Miene zu verziehen. Auch Markus stand angespannt da und sie wusste, dass er sich ebenso auf diesen Moment vorbereitet hatte.

„Beide Höfe haben eine beeindruckende Arbeit geleistet", fuhr Kessler fort, während er langsam um den Hof herumging und die Anlagen noch einmal überblickte. „Die Qualität des Kirschbrands ist auf einem sehr hohen Niveau und ich habe viele positive Rückmeldungen erhalten. Doch natürlich sollte nur einer von euch den Auftrag bekommen."

Es war, als ob die Zeit für einen Moment stillstand. Niemand wagte zu atmen, während Kessler weitersprach. „Eure Familien haben hart gearbeitet und angesichts der schwierigen Umstände habt ihr beide euch hervorragend geschlagen. Aber …"

Lena spürte, wie sich die Anspannung in ihrem Körper ausbreitete. Ein „Aber" war nie gut, dachte sie. Kessler schien es zu genießen, die Spannung noch ein wenig hinauszuzögern.

„Aber es gibt einen entscheidenden Faktor, den ich nicht ignorieren kann", fuhr Kessler fort, sein Blick wanderte von Markus zu Heinrich und weiter zu Lena und David. „Ihr beide habt etwas erreicht, das über das hinausgeht, was ich erwartet habe. Eure Zusammenarbeit, trotz der Fehden der Vergangenheit … und die sind mir wohlbekannt … hat mich beeindruckt. Und ich denke, dass das ein Zeichen für die Zukunft ist."

Lena sah überrascht zu David hinüber, dessen Augen sich weiteten, als er realisierte, was Kessler andeutete.

„Deshalb habe ich mich entschieden, den Auftrag nicht einer einzelnen Brennerei zu geben", erklärte Kessler und ließ eine kurze Pause. „Stattdessen möchte ich, dass ihr beide" dabei sah er Markus und Heinrich tief in die Augen „den Auftrag gemeinsam übernehmt."

Für einen Moment herrschte absolute Stille, bis Lena das Gewicht dieser Worte realisierte. Sie hatte damit gerechnet, dass nur eine Familie gewinnen würde, aber Kesslers Entscheidung, beide Brennereien zu beauftragen, war ein Schock.

„Gemeinsam?", fragte Heinrich ungläubig und warf einen schnellen Blick zu Markus. „Wie soll das funktionieren?"

Kessler nickte. „Genau das meine ich. Eure Höfe haben gezeigt, dass sie zusammen mehr erreichen können, als wenn sie gegeneinander arbeiten. Der Markt für hochwertigen Kirschbrand wächst und ich bin überzeugt, dass ihr zusammen noch größere Erfolge erzielen könnt. Ich möchte eine Kooperation zwischen euren Brennereien sehen."

Markus, der bisher stumm geblieben war, schüttelte langsam den Kopf. „Das wird nicht einfach sein", murmelte er. „Nach allem, was passiert ist ...“

„Es wird nicht einfach", bestätigte Kessler. „Aber es ist machbar. Ihr habt in den letzten Wochen bewiesen, dass ihr zusammenarbeiten könnt, trotz eurer Differenzen. Und das ist der Schlüssel. Schaut eure Kinder an", er zeigte auf Lena und David „die Zwei haben so viel zusammen gemeistert und wenn nun auch die Väter bereit sind, über ihren Schatten zu springen, dann könnte dies der Beginn einer neuen Ära für eure Höfe sein.“

Lena sah zu David und in seinen Augen spiegelte sich dieselbe Mischung aus Erleichterung und Glücksgefühl wider, die sie selbst fühlte. „Wir schaffen das", flüsterte sie, mehr zu sich selbst als zu ihm.

„Das wird die größte Herausforderung", sagte Heinrich leise, während er einen Blick auf Markus warf. „Aber wir haben keine andere Wahl, wenn wir überleben wollen.“

Markus nickte langsam. „Wenn es das ist, was nötig ist, um unsere Höfe zu retten, dann werden wir es tun.“

Kessler lächelte leicht. „Gut. Dann haben wir eine Abmachung. Ich freue mich auf unsere Zusammenarbeit.“

Als Kessler den Hof verließ, blieb eine seltsame Ruhe zurück. Die beiden Familien standen schweigend da, die Realität dieser Entscheidung sickerte langsam durch. Sie hatten es geschafft – beide hatten den Auftrag erhalten. Aber jetzt lag der wahre Kampf vor ihnen. Der Zusammenhalt, den sie mühsam aufgebaut hatten, würde auf eine neue Ebene gehoben werden müssen.

Lena trat zu David, der noch immer fassungslos auf die Straße starrte. „Es wird nicht leicht mit den beiden Sturköpfen", sagte sie leise, „aber ich glaube, das ist der richtige Weg."

David drehte sich zu ihr, nahm sie in den Arm und gab ihr ein Küsschen auf die Nasenspitze. „Zusammen schaffen wir das."

Auch Heinrich und Markus, die seit Jahren verfeindet waren, standen nun Seite an Seite. Die Erleichterung, dass beide Höfe gerettet waren, schien über ihre Differenzen hinweg zuwachsen. „Vielleicht ist das der Neuanfang, den wir brauchen", sagte Heinrich schließlich.

Markus nickte zustimmend. „Wir haben keine andere Wahl. Aber vielleicht ist das der einzige Weg, um wirklich nach vorne zu schauen."

Heinrich stupste Markus an und deutete mit einem Kopfnicken in die Richtung von Lena und David, „Ich glaube", flüsterte er mit einem breiten Grinsen, „unsere Kinder haben das schon vor uns verstanden."

Die vier sahen sich an, wissend, dass ihre Zukunft nun eng miteinander verknüpft war. Der Weg würde nicht einfach sein, doch sie waren bereit, ihn gemeinsam zu gehen. Die Höfe von Renchen-Ulm hatten sich gegen die Sabotage und Intrigen gewehrt und nun lagen die Herausforderungen der Zukunft vor ihnen – aber dieses Mal standen sie zusammen.

Und in diesem Moment, als die Abendsonne über den Hügeln von Renchen-Ulm versank, wussten sie, dass sie es schaffen würden.

Glossar

Kugel Kellertrübes – Kellertrübes ist ein naturtrübes Bier, das direkt aus der Region stammt und für seine ursprüngliche, unverfälschte Brauart bekannt ist. Das ungefilterte Bier behält seine natürlichen Schwebstoffe, was ihm seinen vollmundigen und frischen Geschmack verleiht. Es ist ein beliebtes Getränk in den örtlichen Gasthäusern und wird oft zu herzhaften, regionalen Speisen serviert. Mit seinem leicht hefebetonten Aroma und seiner naturbelassenen Optik, serviert in dem charakteristischen Glas, das oberhalb des Stiels kugelförmig gestaltet ist, ist das Kugel Kellertrübes ein echtes Stück badischer Biertradition und ein Highlight für Liebhaber von handwerklich gebrauten Bieren.

Renchen-Ulm ist ein malerisches Dorf im Schwarzwald (Ortenaukreis), Baden-Württemberg, das eingebettet zwischen Obstplantagen und Weinbergen liegt. Es besticht durch seine idyllische ländliche Atmosphäre und den Charme eines traditionellen badischen Dorfes. Die Region ist geprägt von Landwirtschaft, insbesondere dem Obst- und Weinanbau, sowie der Kunst des Schnapsbrennens. Historische

148

Gebäude, gemütliche Gasthäuser und die familiäre Brauerei Bauhöfer verleihen dem Ort seinen einzigartigen Charakter. Renchen-Ulm ist ein Ort, in dem Brauchtum, Handwerk und Gastfreundschaft eine zentrale Rolle spielen, und lädt Besucher dazu ein, die Ruhe und Schönheit der badischen Landschaft zu genießen.

www.renchen.de/rathaus/ortsverwaltung-ulm

Das **Gasthaus Stigler** ist ein traditionelles Wirtshaus in Renchen-Ulm, das für seine herzliche Gastfreundschaft und regionale, badisch-bürgerliche Küche bekannt ist. In gemütlichem Ambiente bietet es eine Auswahl an hausgemachten Speisen, darunter klassische badische Gerichte wie Wurstsalat und Rahmkäse. Das Stigler ist überall bekannt für seine Schnitzel mit hausgemachtem Kartoffelsalat, sowie dem Restbrot. Mit seiner bodenständigen Atmosphäre ist das Gasthaus ein beliebter Treffpunkt für Einheimische und Besucher gleichermaßen, die hier bei einem Glas (Kugel) Kellertrübem das ländliche Flair der Region genießen können.

www. gasthaus-stigler.de

Die **Bauhöfer Brauerei** (im Buch Ulmer Familienbrauerei genannt) ist eine traditionsreiche Familienbrauerei in Renchen-Ulm, die seit Generationen hochwertige Biere nach dem deutschen Reinheitsgebot braut. Mit großer Leidenschaft für das Brauhandwerk werden hier charaktervolle Biersorten wie das beliebte "Bauhöfer Schwarzwaldmarie" und zur Fasnachtszeit (Karneval) der „Bauhöfer Hexensud" hergestellt. Die Brauerei verbindet handwerkliche Tradition mit moderner Technik und ist fest in der Region verwurzelt. Ob in der gemütlichen Brauereigaststätte „Braustüb'l" oder bei einem Besuch in der Brauerei – hier können Bierliebhaber

die Vielfalt und Qualität echter badischer Braukunst entdecken.

www.bauhoefer.de

Das **Braustüb'l** in Renchen-Ulm ist ein charmantes Gasthaus mit angeschlossener Brauerei, das auf regionale Spezialitäten und hausgebrautes Bier setzt. In rustikalem Ambiente
können Gäste frisch gezapfte Biere und traditionelle badische
Gerichte genießen. Die Kombination aus Atmosphäre und
authentischem Geschmackserlebnis macht das Braustüb'l zu
einem beliebten Ort für gesellige Abende und gemütliche
Zusammenkünfte. Ein idealer Platz, um die lokale Bierkultur
hautnah zu erleben.

www.braustuebl.de

Der **Obsthof Kammerer** in Renchen-Ulm ist ein familien-
geführter Betrieb, der für hochwertigen Obstbau und die
Herstellung regionaler Spezialitäten bekannt ist. Mit viel
Sorgfalt und traditionellem Know-how werden hier saisonale
Früchte wie Äpfel, Birnen und Zwetschgen angebaut. Der
Obsthof legt großen Wert auf Nachhaltigkeit und Qualität,
was sich in den frischen Produkten und den hausgemachten
Erzeugnissen wie Fruchtsäften und Destillaten widerspiegelt.
Der Hof ist nicht nur ein Ort des Genusses, sondern auch ein
Botschafter für die reiche Kulturlandschaft der Region.

www.obsthof-kammerer.de

Fischinger Nudeln ist ein traditionelles Familienunter-
nehmen in Renchen-Ulm, das für seine handwerklich herge-
stellten Nudeln bekannt ist. Mit hochwertigen Zutaten und
viel Liebe zum Detail werden hier seit Generationen

verschiedene Nudelvariationen produziert, die für ihren unverwechselbaren Geschmack geschätzt werden. Ob klassische Eiernudeln oder ausgefallenere Sorten – bei Fischinger steht Qualität an erster Stelle. Das Unternehmen legt großen Wert auf Regionalität und Nachhaltigkeit und ist ein wichtiger Bestandteil der kulinarischen Landschaft in der Region. Hier treffen traditionelles Handwerk und moderner Genuss aufeinander.

www.fischinger-nudeln.de

Das **Blumenhaus Serrer** in Renchen-Ulm ist ein familiengeführtes Floristikgeschäft, das für seine kreativen Blumenarrangements und seinen hervorragenden Service bekannt ist. Ob für Hochzeiten, besondere Anlässe oder einfach als kleine Aufmerksamkeit – das Blumenhaus Serrer bietet eine breite Auswahl an frischen Blumen und individuellen Gestecken. Mit viel Liebe zum Detail und einem Gespür für Ästhetik sorgt das Team dafür, dass jeder Strauß etwas Besonderes ist. Das traditionsreiche Geschäft legt großen Wert auf Qualität und Beratung, wodurch es seit Jahren fester Bestandteil der regionalen Gemeinschaft ist.

www.blumenhaus-serrer.de

Der **Obstgroßmarkt Mittelbaden (OGM)** in Oberkirch ist ein bedeutendes Zentrum für den regionalen Obsthandel. Hier werden die Früchte von zahlreichen lokalen Obstbauern, die für ihre hochwertigen Erzeugnisse bekannt sind, gesammelt, sortiert und vermarktet. Der OGM spielt eine zentrale Rolle in der Verbindung zwischen den Landwirten und den Verbrauchern, indem er sicherstellt, dass nur die besten regionalen Produkte ihren Weg in den Handel finden. Mit modernen Lager- und Verarbeitungsmethoden unterstützt

151

der Obstgroßmarkt die heimische Landwirtschaft und trägt maßgeblich zur wirtschaftlichen Stärke der Region bei.
www.ogm-oberkirch.de

Der **Wohnmobilstellplatz in Renchen-Ulm** bietet Reisenden mit Wohnmobilen einen idealen Ort, um in der malerischen Region des Renchtals Halt zu machen und die umliegende Natur zu genießen. Der Stellplatz ist ruhig gelegen und dennoch nahe genug, um die charmante Kleinstadt Renchen bequem zu erkunden. Mit modernen Einrichtungen wie Strom- und Wasseranschlüssen sowie Entsorgungsmöglichkeiten ist er bestens ausgestattet, um den Bedürfnissen von Wohnmobilreisenden gerecht zu werden. Von hier aus lassen sich die vielen Sehenswürdigkeiten und Wanderwege der Region ideal entdecken, was den Stellplatz zu einem perfekten Ausgangspunkt für Naturliebhaber und Kulturinteressierte macht.
www.renchen.de/tourismus/freizeit/wohnmobilstellplatz

Hitradio Ohr ist der beliebte Radiosender aus der Ortenau, der die Region Baden mit einem vielfältigen Mix aus Musik, regionalen Nachrichten und unterhaltsamen Shows versorgt. Der Sender steht für einen lebendigen und modernen Sound, der die Menschen der Region verbindet. Mit einem Programm, das lokale Themen aufgreift und Events sowie die neuesten Chart-Hits bietet, ist Hitradio Ohr ein unverzichtbarer Begleiter für viele Hörer im Alltag. Durch seine starke Verwurzelung in der Region ist der Sender zudem ein wichtiges Sprachrohr für lokale Kulturen und Veranstaltungen.
www.hitradio-ohr.de

Die **Acher-Rench-Zeitung** ist die führende Tageszeitung in der Region Achern und Renchtal. Sie bietet ihren Lesern fundierte Berichterstattung zu aktuellen lokalen, regionalen und überregionalen Themen. Die Zeitung ist ein wichtiges Sprachrohr der Region und berichtet über Politik, Wirtschaft, Kultur und das Vereinsleben. Mit einer Mischung aus Nachrichten, Hintergrundberichten und Reportagen ist die Acher-Rench-Zeitung eine zuverlässige Quelle für Informationen, die das Leben in der Ortenau prägen. Zudem bietet sie spannende Einblicke in das Geschehen vor Ort und bleibt stets nah an den Menschen der Region.

www.acher-rench-zeitung.de

Nachwort

Liebe Leserin, lieber Leser,

herzlichen Dank, dass Sie den ersten Band meiner Buchreihe **Die Brenner von Renchen-Ulm** gelesen und sich auf die spannende Reise durch das Leben und die Geheimnisse der alten Brennerfamilien eingelassen haben. Wenn Ihnen die Geschichte um die Fruntners und Breitners gefallen hat, könnte auch der zweite Band der Reihe für Sie interessant sein, in dem die Geschichte der Familien ihren weiteren Lauf nimmt.

Vielleicht haben Sie beim Lesen Lust bekommen, die Schauplätze dieses Romans einmal selbst zu erkunden. Statt den nächsten Urlaub nur im tiefen, sagenumwobenen Schwarzwald zu planen, werfen Sie doch einen Blick auf das wunderschöne Renchtal in der Ortenau. Diese Region zwischen der Badischen Weinstraße und dem Nationalpark Schwarzwald bietet traumhafte Landschaften und einmalige Erlebnisse – von Renchen über Oberkirch und Lautenbach bis nach Oppenau erstrecken sich Obst- und Rebgärten, die endlosen Schwarzwaldhöhen und bezaubernde Wälder. Ob Sie wandern, mountainbiken oder sich beim Gleitschirmfliegen in luftige Höhen begeben möchten – die Region hält für jeden Naturliebhaber etwas bereit.

Die Orte und Begebenheiten im Renchtal haben ihre ganz eigene Magie, die sich perfekt für Entdecker und Genießer eignet. Wer weiß, vielleicht begegnen Sie auf den verschlungenen Wegen sogar dem einen oder anderen Hinweis auf die sagenumwobenen Brennergeschichten.

Ich hoffe, die Geschichte rund um **die Brenner von Renchen-Ulm** hat Ihnen Freude bereitet und lade Sie herzlich dazu ein, die einzigartige Atmosphäre dieser Region auch persönlich zu erleben.

Ihre

Iris Klauenberg

Über die Autorin

Iris Klauenberg, geboren 1972 in Braunschweig, zog 1992 in den idyllischen Schwarzwald, wo sie sich schnell heimisch fühlte und von der atemberaubenden Natur sowie den traditionsreichen Dörfern inspiriert wurde. Doch erst 2021, als sie nach Renchen-Ulm kam, fand sie ihre wahre Heimat. Hier, im Herzen der Region, spürt sie eine tiefere Verbundenheit und schöpft ihre Kreativität aus der engen Verbindung zur Landschaft und den Menschen. „Ich lebe und liebe da, wo ich andere Urlaub machen" – dieser Satz beschreibt ihre tiefe Liebe zu Renchen-Ulm und die Quelle ihrer Inspiration.

Als vielseitige Autorin hat Iris Klauenberg bereits Bücher für Kinder und Erwachsene veröffentlicht und begeistert mit ihren einfühlsamen Erzählungen Leser jeden Alters. Die alten Bräuche und die unberührte Natur dieser besonderen Gegend spielen in vielen ihrer Werke eine zentrale Rolle. Mit einem Kopf voller Ideen freut sie sich darauf, noch viele weitere Geschichten zu Papier zu bringen und ihre Leser in immer neue Welten zu entführen.